G.F. UNGER IM TASCHENBUCH-PROGRAMM:

43 419 Verlorene Fährte
43 420 Einmal verlieren sie alle
43 421 Goldwölfe
43 422 Die Warbow-Mannschaft
43 423 Mustanghügel
43 424 Ritt ohne Wiederkehr
43 425 Falken sterben stolz
43 426 ... bis in die Hölle
43 427 Der Flusswolf
43 428 Einsam im Sattel
43 429 Böse Town
43 430 Die Chisholm-Legende
43 431 Fünf staubige Wagen
43 432 Heiße Sättel
43 433 Maddegan ist härter
43 434 Sieben Towns
43 435 Ernest, der Spieler
43 436 Schatten folgen seiner Fährte
43 437 Johnny Mahouns Wandlung
43 438 Mesa Station
43 439 Keine Chance in Jericho
43 440 River Cat und River Wolf
43 441 Verdammte Treue
43 442 Cattle King
43 443 Rainbow River
43 444 Wasser und Weide
43 445 Ein Mann wie sonst keiner
43 446 Big Muddy Wolf
43 447 Revolverspur
43 448 Sonora Hombre
43 449 Coltritter-Weg
43 450 Aufgeben oder sterben
43 451 Einsamer Kämpfer
43 452 River Lady
43 453 Goldjagd
43 454 Kein Tag der Rache
43 455 Apachenjagd
43 456 Belindas Ranch
43 457 So weit wie der Himmel
43 458 Der Trail
43 459 Der Schmied von Gunnison

G.F. UNGER

Yellowstone Pierce

Western-Roman

BASTEI LÜBBE TASCHENBUCH
Band 43 460

1. Auflage: März 2009

Vollständige Taschenbuchausgabe

Bastei Lübbe Taschenbücher
in der Verlagsgruppe Lübbe

All rights reserved
© 2009 by
Verlagsgruppe Lübbe GmbH & Co. KG,
Bergisch Gladbach
Lektorat: Will Platten
Titelillustration: Prieto / Norma Agency, Barcelona
Umschlaggestaltung: Rainer Schäfer
Satz: Wildpanner, München
Druck und Verarbeitung:
Bercker Graphischer Betrieb
Printed in Germany
ISBN 978-3-404-43460-2

Sie finden uns im Internet unter
www.bastei.de
oder
www.luebbe.de

Der Preis dieses Bandes versteht sich einschließlich
der gesetzlichen Mehrwertsteuer

1

Als sie den Rio Grande durchfurtet haben und sich auf der Texasseite des schlammigen Flusses befinden, da halten sie die schnaufenden Pferde an und blicken zurück.

Tom Haley sagt dann heiser und feierlich für alle: »Heiliger Rauch, ich hätte zuletzt keinen Chip mehr auf uns gesetzt. Aber wir haben es dennoch geschafft. Der gute Vater im Himmel mag uns vielleicht doch ganz gut leiden, obwohl wir im Grunde verdammte Hundesöhne sind. Oder warum sonst stand der Himmel uns bei?«

»Vielleicht war's nicht der Himmel, sondern der Teufel«, sagt Vance Rounds. »Weil wir dem Teufel längst schon unsere Seelen verkauft haben. Oder?«

Indes sie über seine Worte nachdenken, sehen sie drüben auf der anderen Seite ihre Verfolger auftauchen.

Es sind zwei Dutzend Reiter auf stolpernden Pferden. Sie tragen die Uniformen der Soldaten des Benito Juarez, der vor einigen Tagen Kaiser Maximilian erschießen ließ.

Man schreibt das Jahr 1867, und Benito Juarez' Soldaten jagen alle Gringos, die über die Grenze nach Mexiko kamen, um sich am Krieg zu beteiligen und nach Landsknechtsart Beute zu machen.

Tom Haley und die anderen Reiter des Rudels grinsen triumphierend.

Dann sagt Jesse Slade, ihr Anführer, trocken

zum kleinen Shorty Wells: »Also schick ihnen zum Abschied noch einen Gruß hinüber, Shorty.«

»O ja!« Shorty nickt heftig und schwingt sich vom Pferd. »Die haben uns eine ganze Woche lang Tag und Nacht gejagt. Denen sollten wir noch einen Denkzettel verpassen für all die Ungelegenheiten, die sie uns bereitet haben.«

Indes der kleine, krummbeinige und sommersprossige Shorty diese Worte spricht, zieht er die schwere Sharps aus dem Sattelschuh.

Es ist ein weit reichendes Büffelgewehr, mit dem man auf dreihundert Yards noch einen Büffelbullen fällen kann.

Aber bis zum anderen Ufer auf der Mexiko-Seite sind es gewiss noch dreihundertundfünfzig Yards.

Shorty kniet hinter seinem Pferd nieder und zielt kniend mit der schweren Büchse unter dem Bauch des Tieres hinweg auf den ersten Reiter.

Dieser ist ein Kapitän, also ein Hauptmann, und er will tatsächlich über den Strom kommen, obwohl der die Grenze zwischen Mexiko und Texas bildet.

Shorty zielt nicht lange.

Dann kracht der Schuss.

Das Pferd springt nicht einmal zur Seite. Es ist zu erschöpft und überdies auch daran gewöhnt, dass Shorty dann und wann unter seinem Bauch hinweg mit der schweren Sharps schießt.

Der Kapitän drüben fällt vom Pferd ins flache Wasser.

Und seine Reiter reißen ihre Pferde herum und reiten zurück. Nur zwei bleiben bei ihm, springen ab und knien neben ihm.

Als sie ihn aufheben und quer über den Sattel seines Pferdes legen, da ist völlig klar, dass der Kapitän tot sein muss. Nur einen Toten legt man auf diese Art quer über ein Pferd.

Sie schütteln drohend die Fäuste.

Dann folgen sie mit dem Toten den geflüchteten Reitern. »Soll ich noch mal?« So fragt Shorty Wells, und in seinem faltigen Gesicht brennen seine Augen.

Er ist ein verdammter Killer.

Aber das wissen seine Partner längst schon.

Jesse Slade schüttelt den Kopf.

Er wendet sein Pferd und blickt zu den Hügeln hinüber. »Bis dorthin werden es unsere Pferde noch schaffen«, sagt er heiser.

Sein Blick richtet sich dann auf die Frau, die mit ihnen reitet.

»Du hast uns Glück gebracht, Jessica«, sagt er. »Bald werden wir mit dir ein Fest feiern.«

In seinen Augen erkennt sie seine Wünsche, und sie weiß, dass er ein Mann ist, der sich wie ein Raubtier erjagt, was er haben will.

Sie erwidert seinen Blick und lächelt.

Geschmeidig sitzt sie im Sattel, trägt einen Anzug wie ein mexikanischer Hidalgo und hat ihr rotes Haar unter dem schwarzen Hut verborgen.

In ihrem gebräunten Gesicht blinken nun die weißen Zahnreihen zwischen den vollen Lippen. Die Farbe ihrer Augen ist grün.

Sie ist auf eine eigenwillige und rassige Art mehr als nur hübsch.

Man kann sie nicht als reine Schönheit bezeichnen, aber ihre Ausstrahlung ist die einer Vollblutfrau. Diese Ausstrahlung ist so stark, dass nur sehr selbstbewusste Männer es wagen, sich an sie heranzumachen. Den Colt an der Seite trägt sie so, als könnte sie auch damit umgehen.

»Sicher, Jesse Slade«, sagt sie mit blinkendem Lächeln, »wir werden ein Fest feiern.« In ihrer Stimme ist ein Klirren.

Er zieht sein Pferd herum und reitet auf die Hügel zu, die keine Meile weit entfernt sind. Die Sonne steht ziemlich tief im Westen. Bald werden von Osten her die Schatten der Nacht herangekrochen kommen.

Die Reiter folgen Jesse Slade.

Es sind Tom Haley, Vance Rounds, Shorty Wells und Bac Longley.

Sie alle sind Abenteurer, Revolvermänner, Sattelpiraten – und Shorty ist ein erbarmungsloser Killer.

Sie sind eine üble Bande, die einst doppelt so zahlreich war, als sie nach Mexiko ritt, um während der Revolution zu rauben und zu plündern. Einige von ihnen starben.

Jessica Mahoun schließt sich den Männern an.

Und sie weiß, dass es gleich dort drüben in den Hügeln, wenn sie das Camp aufgeschlagen haben, um alles oder nichts gehen wird für sie.

Aber auch sie ist eine Abenteuerin. Auch sie hat in ihrem Leben schon viel gewagt, hat manchmal gewonnen und manchmal verloren.

Diesmal will sie endgültig gewinnen – für immer. Und dann wird ihr die ganze Welt offen stehen.

Sie finden in den Hügeln schnell einen kleinen Creek und dicht bei diesem einen geeigneten Lagerplatz unter einigen Bäumen. Auch Holz für das Feuer ist genügend zu finden. Sie haben noch einige Vorräte für ein Abendbrot.

Für die größte Überraschung aber sorgt Jessica Mahoun.

Denn aus ihrem Gepäck, das sie vor allen Dingen in der Sattelrolle mitführt, bringt sie eine Flasche zum Vorschein.

»Das ist echter Bourbon«, sagt sie lächelnd. »Den habe ich aufgehoben. Hier, damit eröffnen wir das Fest – nein, die Vorfeier dieses Festes. Denn richtig feiern werden wir wohl erst in San Antonio, nicht wahr?«

Sie hält bei ihrem »Hier« Jesse Slade die Flasche hin.

Slade lacht, nimmt die Flasche und entkorkt sie.

»Jessica, du bist stets für eine Überraschung gut«, spricht er und setzt die Flasche an. Er nimmt drei lange Züge daraus – aber dann ruft Tom Haley drängend:

»He, lass uns was übrig! Auch wir wollen was von diesem edlen Stoff! Her damit! Das gehört dir nicht allein!«

Jesse Slade lacht ein wenig ärgerlich, als er Haley die Flasche reicht.

»Aaah«, sagt er, »ihr seid doch nur Pumaspucke gewöhnt, Tequila und Mescalschnaps. Ihr seid doch längst schon ›blind‹ in den Gurgeln. Dieser Bourbon ist zu schade für euch. Aber hier ...«

Er lässt die Flasche los.

Auch Haley nimmt drei lange Züge – und dann geht die Flasche reihum, bis Bac Longley endlich einfällt, dass die Spenderin noch keinen einzigen Schluck nahm.

Er hält Jessica Mahoun die fast schon leere Flasche hin. Aber Jessica Mahoun schüttelt den Kopf.

»Das ist alles für euch«, sagt sie. »Ich mache mir nichts aus Feuerwasser. Ich kann leicht darauf verzichten. Und ich will jetzt zuerst ein Bad nehmen im Creek. Lasst mich nur eine Weile in Ruhe.«

Sie geht mit einem Bündel davon. Und sie sehen ihr in der Abenddämmerung nach, leeren den Rest aus der Flasche.

Vance Rounds sieht Jesse Slade an. »Eigentlich sollten wir um sie losen«, murmelt er heiser. »Als wir sie am Leben ließen und mitnahmen, da wusste sie genau, dass sie dafür würde bezahlen müssen. Und jetzt ist es soweit. Also losen wir!«

»Nein«, widerspricht Jesse Slade, »sie gehört mir – von Anfang an. Damit müsst ihr euch abfinden.«

Er steht lauernd da, wartet auf Widerspruch.

Shorty Wells lacht kichernd. »Aaah«, sagt er, »für mich wäre die ohnehin nichts. Ich mag nur fette Weiber. Und überdies haut der Whiskey mich um. Verdammt, sind wir denn so ausgebrannt und entwöhnt, dass mich vier oder fünf Züge Feuerwasser umhauen?«

Er fragt es mit immer schwerer werdender Zunge. Und er wischt sich übers Gesicht, wendet sich plötzlich ab, um zum Creek zu stolpern und sich dort der Länge nach hinzuwerfen.

Auch die anderen Männer – zwar größer und schwerer als Shorty – merken nun etwas in ihren Köpfen.

Vielleicht glauben sie in der ersten Minute, dass es der heiße Tag war, das lange Reiten, der wenige Schlaf – aber plötzlich ruft Vance Rounds: »Hölle, was ist das? Ich kann sonst eine ganze Flasche leeren! Was war denn in diesem Whiskey drin?«

Die letzten Worte kreischt er böse und wild.

Auch die anderen begreifen jetzt, dass etwas nicht stimmt mit ihnen.

Und es kann nur mit dem Whiskey zusammenhängen. In ihren Köpfen beginnt etwas wirksam zu werden, was nur ein Betäubungsmittel sein kann.

»Shanghaitropfen«, keucht Bac Longley mühsam, der auch mal zur See gefahren ist. »Sie hat uns …«

Er spricht nicht weiter.

Aber er zieht seinen Colt und setzt sich in Bewegung.

Die anderen folgen ihm.

Jesse Slade brüllt mühsam mit schwerer Zunge:

»Hoiiii, du verdammte Hexe, wir erwischen dich noch, bevor wir umfallen! Uns legst du nicht rein! Wir erwischen dich noch!«

Sie stolpern auseinander. Ihre Bewegungen werden immer mühsamer. Sie gleichen mehr und mehr Volltrunkenen, die sich kaum noch auf den Beinen halten können.

Und als sie in ihren benebelten Hirnen zu begreifen beginnen, dass sie verloren haben und Jessica Mahoun, die sich irgendwo versteckt hat, nicht mehr rechtzeitig werden finden können, da beginnen sie wahllos zu schießen. Sie jagen ihre Kugeln in die Büsche zu beiden Seiten des Creeks.

Doch dann brechen sie Mann für Mann zusammen und sinken in eine tiefe Bewusstlosigkeit.

Denn in der Flasche war wirklich nicht nur guter Bourbon, sondern befanden sich auch Betäubungstropfen, die in den Hafenstädten der Westküste als »Shanghaitropfen« bekannt sind.

Schon viele Seeleute – und auch solche, die noch niemals zur See fuhren – wurden mit Hilfe solcher Shanghaitropfen an Bord von Walfängern gebracht, wo sie erst wieder erwachten, als sich die Schiffe längst schon auf hoher See befanden.

Und so mancher Walfänger blieb zwei Jahre auf Fangfahrt.

Als die fünf Männer endlich alle da und dort am Boden liegen und sich nicht mehr rühren, da taucht Jessica Mahoun aus der Dämmerung auf.

Ihre Bewegungen sind langsam. Sie ist erschöpft. Dennoch wird sie sich keine lange Rast gönnen können. Denn ihr Vorsprung muss möglichst groß sein.

Sie hält den schussbereiten Colt in der Hand.

Ja, sie haben ihr eine Waffe gelassen, weil sie auf der Flucht vor den Juarez-Soldaten jeden Kämpfer brauchten – und war es auch nur eine Frau.

Sie tritt zu jedem der Männer, zielt auf ihn und

stößt ihn derb mit der Stiefelspitze zwischen die Rippen.

Doch keiner rührt sich.

Als sie bei Jesse Slade verharrt, blickt sie nachdenklich auf ihn nieder.

Eigentlich hat er ihr als Mann sogar irgendwie gefallen. Und dass er ein Sattelpirat war, störte sie nicht sehr. Sie mag verwegene Männer, die sich durch Kühnheit behaupten.

Indes sie so verharrt und auf ihn niederblickt, da eilen ihre Gedanken tausend Meilen in der Minute – und sie eilen zurück in die Erinnerung.

Ja, es gab eine Zeit an der Westküste, da tat sie solche Betäubungstropfen den dummen Burschen in die Gläser und erhielt Geld dafür von den Männern, die mit den Kapitänen im Geschäft waren, ihnen also Matrosen beschafften.

Es war ein langer und elender Weg für Jessica von der Westküste nach Mexiko, ein verdammter und rauer Weg, auf dem ihr nichts erspart blieb.

Doch jetzt …

Sie erinnert sich jäh an das Motiv ihres Tuns. Und so setzt sie sich wieder in Bewegung. Wenig später holt sie aus Jesse Slades Satteltasche die Beute.

Es befindet sich alles in einem zusammengeknüpften Halstuch, das die Form eines Balls hat, der so groß wie zwei gegeneinander gehaltene Männerfäuste ist.

Sie hockt sich nieder und knotet die vier Zipfel auf.

Und darin sieht sie ihren Schatz im letzten Dämmerlicht.

Ja, es ist ein Schatz, aber auch die Beute von Banditen, die plündernd und raubend durch die Revolution ritten und bei reichen Leuten wertvollen Schmuck, Juwelen jeder Art erbeuteten.

Was Jessica Mahoun in der Dämmerung betrachtet, sind Ringe, Ketten, Arm- und Halsbänder, Edelsteine, Perlen.

Hundert Pfund pures Gold wären nicht so viel wert wie dieser Schatz.

Vielleicht nicht einmal zweihundert Pfund Gold.

Sie weiß es nicht so genau.

Aber sie weiß, dass sie jetzt reich ist.

Nur entkommen muss sie.

Bei diesem Gedanken kehrt sie wieder in die Wirklichkeit zurück. Fast bedächtig knotet sie die vier Zipfel des Halstuches wieder zusammen, formt alles abermals zu jenem Ball, der so groß ist wie zwei Männerfäuste.

Dann erhebt sie sich.

Die Dämmerung geht nun in die Nacht über.

Noch ist die Sicht schlecht. Sie kann die fünf betäubten Männer nicht mehr deutlich liegen sehen.

Aber sie denkt: Ich müsste sie töten. Ja, ich müsste sie tot zurücklassen, will ich sie nicht bald auf meiner Fährte haben. Denn ich kenne sie jetzt gut genug. Die geben nicht auf. Nein, die werden mich – wenn's sein muss – bis nach Alaska oder nach Feuerland verfolgen. Nur auf einem Seeschiff könnte ich ihnen wahrscheinlich entkommen. Aber werde ich es vor ihnen schaffen bis zu einem Hafen? Soll ich zur Ost-

oder Westküste? Ich hätte es leichter, wenn ich sie töten würde.

Immer dann, wenn sie mit ihren Gedanken bei diesem Punkt angekommen ist, hält sie inne.

Und sie begreift, dass sie keine eiskalte Mörderin sein kann. Gewiss, sie könnte in Lebensgefahr töten, um ihr Leben zu retten.

Doch vorsätzlich töten, das wäre Mord.

Und so sehr sie sich auch nach Reichtum und Unabhängigkeit sehnt und ein neues Leben beginnen möchte – morden kann sie nicht für dieses Ziel.

Sie seufzt bei dieser Erkenntnis.

Denn sie weiß, dass diese fünf Männer sie vielleicht sogar bis ans Ende der Welt verfolgen werden, wenn – ja, wenn es ihr nicht gelingt, ihre Fährte völlig zu verwischen.

Letzteres ist ihre einzige Chance.

Sie hatte Glück in diesen Tagen und Nächten.

Die Pferde der fünf Männer treibt sie viele Meilen weit, bevor sie allein ihren Weg reitet.

Und sie gelangt drei Tage später nach Laredo, ohne irgendeinen Verdruss zu bekommen mit Banditen oder Apachen, die von New Mexico her nach Süden kamen.

Sie hat wahrscheinlich das Glück eines Kindes, das sich im Wald verirrte und nicht von den Wölfen gefressen wird.

In Laredo kann sie nicht einmal ihr Pferd verkaufen, weil die Postkutsche schon eine Minute später abfährt. Sie kann nur mit ihrem wenigen Gepäck aus dem Sattel springen und in die Postkutsche klettern.

Aber das ist ihr recht.

Und so gelangt sie schon zwanzig Stunden später mit der Expresspost nach San Antonio und von dort nach vierundzwanzig Stunden mit einer der neuen Abbot-&-Downing-Kutschen nach Austin.

Hier fühlt sie sich schon sicher genug, um sich auszuschlafen, ein Bad zu nehmen und sich einzukleiden.

Als sie dann die Fahrt am nächsten Tag fortsetzt, ist New Orleans ihr Ziel.

Dort aber wird sie einen Ring oder ein Armband verkaufen müssen.

Denn sie fand nicht viel Bargeld in den Taschen der fünf Banditen.

Doch sie macht sich immer weniger Sorgen.

Sie weiß längst auch, wie sie ihre Fährte verwischen wird.

Für ihre Verfolger wird es so aussehen, als wäre sie mit einem Seeschiff von New Orleans aus nach Europa abgefahren.

Vielleicht geben sie dann auf.

Sie wird aber nicht nach Europa reisen – *noch* nicht. Geschickt verkleidet will sie den Mississippi hinauf nach Saint Louis.

Denn dort ...

Nun, sie hat in Saint Louis noch eine Rechnung zu begleichen.

2

Yellowstone Pierce hat nach acht Tagen und ebenso vielen Nächten die Nase voll von Saint Louis und sehnt sich nach seinen Jagdgründen im Yellowstone-Land zurück.

Er hätte nicht geglaubt, dass er diese Sehnsucht so bald schon verspüren würde.

Dass er jetzt an Bord der Mayflower bleibt, über der Reling lehnt und zur Stadt hinüberwittert, hängt aber nicht nur damit zusammen, dass er genug hat von all den Ausschweifungen und Sünden, sondern weil er völlig blank und pleite ist.

Zum Glück hat er die Rückfahrkarte schon bei seiner Ankunft gekauft.

Erst bei Tagesanbruch wird das Dampfboot ablegen und den Missouri hinauffahren.

So lange muss er warten.

Die Nachtluft tut seinem Brummschädel gut.

Auf der Uferstraße, an der auch die Landebrücken liegen, herrscht viel Bewegung. Fußgänger, Fahrzeuge jeder Sorte und auch Reiter sind zu sehen.

Er denkt: Miststadt, verdammte Miststadt! Ich hätte Lust, hier einige verdammte Banditennester auszuheben. Besonders die Kerle im Hinterzimmer vom Riverman Saloon sollten noch eine Weile an mich denken müssen. Denen bin ich noch was schuldig. Soll ich noch einmal an Land gehen? Ja, soll ich?

Er denkt erst noch ein wenig über die an sich selbst

gerichtete Frage nach, und bald schon verspürt er jenes ihm gut bekannte Gefühl.

Dieses Gefühl ist nicht so recht zu definieren. Es ist ein merkwürdiges Gefühl, nämlich das Verlangen nach Verwegenheit, nach einer Tat, die das Schicksal herausfordert, nach einem gewaltigen »Dampfablassen« gewissermaßen.

Und so wird er sich darüber klar, dass er etwas unternehmen muss.

Nein, er kann hier an Bord nicht auf den Morgen warten, bis das Schiff ablegt und den Big Muddy hinauffährt. Yellowstone Pierce Damson war bisher recht brav in Saint Louis, und eigentlich ist er überhaupt ein Mann, der lieber jedem Verdruss aus dem Weg geht. Denn nur die Dummen und Primitiven suchen Verdruss, um sich zu beweisen.

Aber jetzt gehört Yellowstone Pierce vielleicht zu dieser Sorte.

Bald schon verlässt er das Schiff.

Die Wache an der Gangway grinst im Laternenschein und sagt: »Nun, Lederstrumpf, ich denke, du bist blank, ausgeplündert von den Mädchen, den Spielhallen und …«

»Aaah, Feudelschwinger, ich will mir nur noch einmal alles ansehen, damit ich es ewig in Erinnerung behalten kann, bevor ich zu meinen Biberfallen zurückgehe«, unterbricht ihn Pierce und geht über die Landebrücke an Land.

Der Decksmann, den Pierce »Feudelschwinger« nannte – einen Maschinistengehilfen hätte er sicherlich »Flurplattenputzer« genannt –, grinst nur mitfühlend hinter ihm her und sagt dann: »Aaah, der hofft ja nur, dass ihm jemand einen Drink spendiert.«

Indes geht der Mann aus dem Yellowstone-Land die Hafenstraße entlang, weicht dann und wann Reitern oder Fahrzeugen aus, reiht sich wieder in den Strom der Fußgänger ein.

Und es fällt auf, wie leicht sich dieser große und bei aller Hagerkeit doch schwergewichtige Mann bewegt.

Yellowstone Pierce trägt jetzt nicht seine Hirschlederkleidung. Er hat sich bei seiner Ankunft hier einen Cordanzug gekauft und unterscheidet sich also in der Kleidung nicht von allen anderen Männern in dieser Stadt.

Und dennoch würde er unter tausend solcher Männer auffallen, etwa so wie ein Wolf unter Hunden, wie ein Wildkater unter braven Hauskatern.

Ja, er strömt etwas aus, was zwar zu spüren, doch nicht so genau zu beschreiben ist. Nein, es ist keine animalische Wildheit, aber doch ein Atem von lauernder Bereitschaft auf alles, was da kommen mag.

Das Leben im Yellowstone-Land hat ihn von Kindheit an geprägt.

Und als er nun von der Hafen- oder Uferstraße in eine Gasse einbiegt, da kann man ihn mit einem Tiger vergleichen, der durch den Dschungel schleicht.

Es ist dunkel in der Gasse, doch er bewegt sich dennoch sehr sicher, so als könnte er in der Dunkelheit sehen wie ein Wildkater auf Mäusefang.

Er findet die Stelle, wo er am Vormittag lag, als

er aus einem Betäubungsrausch erwachte und ein Hund sein Gesicht leckte.

Er lehnt sich gegen die Wand eines Schuppens und überlegt.

Aber er kann sich nicht mehr sehr genau erinnern.

Er befand sich im Hinterzimmer des Riverman Saloons inmitten einer Pokerrunde, und er hatte vier Asse. Im Pokertopf aber lagen mehr als dreitausend Dollar.

Gewiss, er war ein wenig angetrunken, aber nicht betrunken.

Erst als er den Pokertopf mit seinen vier Assen gewann und sich einen neuen Drink bringen ließ, wurde alles anders. Denn nach dem Leeren des Glases fiel er vom Stuhl. Nur mühsam erinnert er sich daran. Aber es gibt keinen Zweifel.

Er löst sich von der Schuppenwand und geht in den Hof hinein, zu dem ein enger Durchgang zu seiner Rechten führt. Lichtbahnen fallen auf diesen Hof. Der Riverman Saloon besteht aus mehreren Anbauten an das Hauptgebäude.

Und einer dieser Anbauten ist die Spielhalle mit dem Hinterzimmer.

Pierce verharrt lange in der Dunkelheit, lauscht auf das Summen und Raunen, das sich aus einer Vielzahl von Geräuschen, Lauten, Stimmen und Musikklängen zusammensetzt. Und vom Fluss her tönen die Dampfhörner der Schiffe.

Manchmal bewegen sich Menschen über den Hof zu den Aborten drüben im hinteren Winkel. Pierce versucht sich zu erinnern, aus welcher Tür sie ihn herausgetragen haben könnten. Denn diese Tür muss dem Hinterzimmer am nächsten gewesen sein. Aber er kann sich nicht erinnern; er weiß nur, dass man ihn hinaus in die Gasse schleppte und in den Schmutz warf, wo er erst am nächsten Vormittag erwachte, als der Hund sein Gesicht leckte.

Kalter Zorn steigt in ihm hoch.

Den ganzen Tag – so lange, wie seine Ernüchterung währte – konnte er diesen Zorn tief in seinem Kern verborgen halten. Denn sein Verstand sagte ihm, dass er sich noch mehr Verdruss einhandeln würde, wenn er sich mit den Townwölfen hier anlegte, die ihn abrasierten.

Gegen die Gilde hier in Saint Louis hätte er keine Chance.

Hier gibt es Kreuz- und Querverbindungen. In dieser Hafenstadt zweier großer Ströme, die die wichtigsten Lebensadern des Kontinents sind, wird die verschiedenste Politik gemacht. Und die Gilde der Spieler spricht da ein gewichtiges Wort mit.

Er wird sich also in große Gefahr begeben.

Und dennoch ist sein kalter Zorn jetzt so stark, dass er nicht mehr anders kann.

Und so tritt er zur Hintertür, aus der manchmal die Gäste in den Hof zu den Aborten streben, und verharrt im Gang.

Er findet unter den Türen bald eine, die den Eintritt zu einem Quergang freigibt – und auf diesem Gang gelangt er zu einer Tür, die die richtige sein könnte.

Er lauscht an der Tür und hört drinnen eine Männerstimme sagen:

»Ich eröffne mit hundert Dollar.«

Er kennt die Stimme wieder, erinnert sich gut an sie und weiß, dass er richtig ist.

Soll er eintreten?

Noch einmal zögert er.

Aber dann entschließt er sich.

Er weiß, dass es nun kein Zurück mehr gibt. Jetzt muss er weitermachen.

Die Tür ist nicht verschlossen. Als er sie öffnet und in den Raum tritt, sieht er das gleiche Bild wie am Abend zuvor.

Nur gehörte er da selbst zu dieser Pokerrunde, war er einer der fünf Spieler an jenem noblen Pokertisch, saß er selbst in einem der bequemen Sessel, von denen jeder nicht weniger nobel und wertvoll wirkt wie der Tisch.

Vier der Männer kennt er.

Es sind die gleichen, die ihn »rasierten« und dann auf die Gasse warfen.

Den fünften Mann kennt er nicht, und wahrscheinlich soll dieser Mann heute das Opfer sein, das wie ein Hammel geschert wird.

Bei seinem Eintreten blicken sie alle zu ihm hin. Obwohl die Luft voller Tabakrauch ist und die Lampe über dem Tisch nur nach unten strahlt, also nur die Tischplatte, die Karten, das Geld und die Hände der Spieler beleuchtet, die Köpfe jedoch außerhalb des Lichtscheines belässt, erkennen sie ihn.

Denn er ist ein Mann, den man schon an seiner

Gestalt unter tausend anderen leicht wiedererkennt.

Einer der Spieler – sein Name ist John Tillburn, und ihm gehört der Riverman Saloon – hebt die Hand. Auf seinem Kleinfinger blitzt ein Brillant im Lampenschein. Er deutet mit der Hand auf Pierce und sagt: »He, mein Freund, wollen Sie heute noch mal Ihr Glück versuchen?«

Es ist eine freche und herausfordernde Frage.

Denn in der vergangenen Nacht haben sie ihn ausgeplündert und dann in eine Gasse geworfen. Und weil ein Drink ihn betäubte, konnte er sich nicht wehren.

Die Frage von John Tillburn ist zugleich auch eine Herausforderung.

Pierce lacht ein wenig verlegen.

»Ich muss gestern ziemlich schlimm betrunken gewesen sein«, sagt er. »Denn ich kann mich gar nicht mehr daran erinnern, wie das hier endete. Aber da meine Taschen leer waren, muss ich wohl alles verloren haben. Zum Glück hatte ich an Bord noch ein Reservekapital. Damit will ich jetzt Revanche. Darf ich?«

Er nähert sich bei seinen Worten dem Tisch, an dem der sechste Sessel noch frei ist. Die Männer starren zu ihm empor. Jene vier Burschen, die zusammengehören, tun es lauernd und misstrauisch. Nur der fünfte, den sie rupfen wollen, wirkt noch arglos. Er ist ein bulliger Bursche, wahrscheinlich ein Holzfäller oder Flößer, und er muss ein Boss von Flößern oder Holzfällern sein. Sonst könnte er nicht so viel

Geld riskieren. Vielleicht kam er mit einem Riesenfloß edler Hölzer aus dem Norden den großen Strom herunter und machte zehntausend Dollar Gewinn.

Und man sollte ihn nicht für einfältig halten, denn die vier Spieler haben sich gut getarnt. Man sieht ihnen die Townwölfe nicht an. Sie wirken wie seriöse Geschäftsleute. Einer sieht wie der Kapitän eines der Dampfschiffe aus. Auch Pierce ist ja auf ihre erstklassige Tarnung reingefallen.

Sogar John Tillburn, dem der Saloon gehört, wirkt wie ein Gentleman. Man könnte ihn für einen ehemaligen Offizier halten, den nur eine Laune des Schicksals zum Saloonbesitzer machte und der dennoch ein Gentleman blieb.

John Tillburn lacht leise und deutet auf den freien Sessel.

»Sicher«, sagt er, »wir geben stets Revanche. Das gehört sich so unter Gentlemen. Sie waren gestern wahrhaftig ziemlich betrunken, Freund. Wir ließen Sie nicht ohne Sorgen gehen. Wissen Sie, hier im Hafengebiet werden oft Betrunkene ausgeplündert. Sie hatten gestern alles auf vier Asse gesetzt, alles was Sie hatten. Aber jemand von uns hatte einen Flush und ...«

Weiter kommt er nicht.

Denn Pierce steht nun zwischen Sessel und Tisch, legt die Hände dicht beim Tischrand auf die Platte, so als wollte er sich beim Niedersetzen etwas abstützen.

Doch dann passiert es. Es ist wie eine Explosion.

Pierce setzt sich nicht. Er reißt den Tisch an seiner

Seite hoch, kippt ihn um, sodass er drei Spieler am Aufspringen hindert.

Und dann gleitet er nach links, zieht dabei den rechten Haken herum, der John Tillburn auf Ohr und Kinnwinkel trifft. Es ist ein gewaltiger Schlag, der den gewiss nicht leichtgewichtigen Tillburn von den Beinen holt und über den Boden bis in die Ecke rollen lässt.

Doch das ist erst der Anfang von Pierce Damsons »Explosion«.

Dieser Yellowstone-Trapper zeigt jetzt, was ein Mann zu tun vermag, der von Indianern aufgezogen wurde und sich in einem wilden Land behaupten muss, ein Mann, der von der Jagd lebt und ständig im Kampf gegen eine erbarmungslose Natur und deren Gewalten steht.

Pierce Damson kämpft oft genug nicht nur gegen menschliche Feinde – auch gegen Wölfe und Bären – und gegen Blizzards.

Und er geriet zu einem der vollkommensten Exemplare des eisernen, kampfgestählten Mannes.

Jener Flößer- oder Holzfällerboss macht nicht mit; er wich sofort weit zurück und lehnt jetzt als Zuschauer an der Wand, betrachtet mit anerkennendem Staunen Pierce Damsons »Arbeit«.

Denn Pierce nimmt sich nun die drei anderen Männer vor. Durch den auf sie gekippten Tisch und weil sie mit ihren Sesseln umfielen, sind sie ziemlich behindert. Sie kommen nicht zu gleicher Zeit auf die Beine, und so ist es ihm möglich, sie nacheinander mit blitzschnellen und erbarmungslosen Schlägen gewissermaßen »umzunieten«, sie also wieder zwischen das Durcheinander am Boden zu legen.

Nein, er kämpft nicht wie ein Gentleman. Das hat er im Yellowstone-Land nicht gelernt. Denn dort ging es stets, wenn man kämpfen musste, ums Überleben.

Und auch jetzt geht es für ihn bei dieser Übermacht sicherlich um sein Leben, denn er ist verloren, wenn er den Kerlen auch nur die geringste Chance lässt.

Einige Male, wenn er instinktiv erkennt, dass sie am Boden liegend ihre Waffen herausholen möchten, tritt er auch zu. Er befindet sich in rasender Tätigkeit, bis sich nichts mehr bewegt.

Dann wendet er sich dem immer noch an der Wand lehnenden fünften Spieler zu.

»Hast du alles gut begriffen, Kamerad?« So fragt er keuchend.

Der Flößer oder Holzfäller wiegt den Kopf.

»So ziemlich, Bruder«, sagt er. »Aber wenn du gestern so betrunken warst, dann hättest du nicht spielen dürfen.«

»Ich war erst betrunken, nachdem sie mir einen Spezialdrink gemixt hatten«, erwidert Pierce. »Und wenn du einen dicken Topf gewonnen hättest, so wie ich, dann hättest auch du diesen Drink bekommen. He, wie viel Geld hattest du im Spiel? Nimm es, denn ich möchte dich nicht berauben. Du hast dich sehr nobel zurückgehalten. Nimm dein Geld. Ich nehme das andere. Denn gestern brachten sie mich um dreitausend Dollar. Die hatte ich schon gewonnen. Dann bekam ich den Teufelsdrink.«

Der bullige Bursche löst sich von der Wand.

»Ja, so etwa siebzehnhundert Dollar müssen von mir sein«, sagt er.

Sie räumen nun Tisch und Sessel zur Seite, rollen auch die zumeist bewusstlosen Kerle aus dem Weg und beginnen das Geld vom Boden aufzusammeln. Noch sind sie allein. Man wollte im Hinterzimmer wohl ungestört allein sein. Dieser Saloon besitzt sicherlich einige Hauspolizisten und Rauswerfer. Das ist gar nicht anders möglich in solch einer Hafenstadt an zwei großen Strömen. Doch in der großen Amüsier- und Tanzhalle ist viel Lärm. Offenbar finden auf der Bühne irgendwelche Darbietungen statt, die immer wieder johlenden, trampelnden und klatschenden Beifall finden. Dazwischen spielt die Musik mehrmals einen so genannten Tusch.

In diesem Lärm ging das Poltern im Hinterzimmer sicherlich völlig unter.

Indes die beiden Männer am Boden das Geld einsammeln, werden die vier verprügelten Townwölfe wieder wach. Sie stöhnen zwar noch, sind mehr oder weniger benommen vorerst, doch ihr Zustand bessert sich schnell.

»Bleibt nur schön friedlich, ihr Pfeifen«, sagt Pierce zu ihnen. »Sonst gebe ich euch noch mal was. Ihr habt euch gestern den falschen Mann ausgesucht. Ihr dachtet wohl, dass ihr bei einem dummen Hinterwäldler mit solchen Tricks durchkommen könntet. Oh, ihr habt nur Glück, dass wir sozusagen in der Zivilisation sind. Im Norden, wo mein Revier ist, würde ich euch mit den Ohren an die Bäume nageln.

Darauf könnt ihr wetten. Und sucht nicht erst nach euren Waffen. Die habt ihr nicht mehr.«

Er richtet sich nun auf, stopft sich die letzten Scheine in die Taschen.

Auch der Flößer- oder Holzfällerboss ist fertig und will sich zur Tür wenden.

In diesem Moment wird diese geöffnet, einfach aufgestoßen.

Eine Frau wird sichtbar.

Diese Frau trägt ein offenbar flaschengrünes Reisekleid von einem sehr ladyhaften Schnitt – aber sie trägt noch etwas in beiden Händen, etwas von ganz anderer Art.

Es ist ein böses Ding, nämlich eine abgesägte Schrotflinte mit zwei Läufen.

Gegen solch ein Ding gibt es kaum noch Argumente.

Offenbar hat diese Lady vor der Tür schon eine Weile gelauscht. Und weil es in der großen Amüsierhalle nebenan seit einer Weile still ist, hat sie auch genug hören können. Denn sie weiß Bescheid.

Sie hält das böse doppelläufige Ding in den Händen zwar schussbereit, spricht jedoch, wobei sie Pierce und dem anderen Mann zunickt: »Sie können gehen, Gentlemen. Nachdem Sie hier abgerechnet haben, bin ich an der Reihe. Gehen Sie. Tillburn gehört jetzt mir!«

Die letzten Worte stößt sie mit scharfer Ungeduld hervor.

John Tillburn aber, der sich inzwischen schwankend erhob und an der Wand lehnt, sagt heiser: »Ja sehe ich denn richtig? Bist du das, mein grünäugiger Engel? Jessica, bist du das wirklich? Oh, was bist du schön geworden.«

Er will sich von der Wand abdrücken, doch dann fällt ihm ein, dass er ja schon vorher in einer bösen Klemme steckte.

Blut tropft aus seiner Nase, und sein Ohr ist aufgeplatzt und schwillt dick an. Sein Kinnwinkel wurde fast ausgerenkt.

»Jessica«, sagt er, »du solltest deine Schrotspritze auf diese beiden Hurensöhne richten und gegen mich nicht nachtragend sein. Denn ich werde alles wiedergutmachen, was ich dir damals notgedrungen …«

»Halt dein verdammtes Maul«, unterbricht sie ihn grob und lässt damit erkennen, dass sie nur wie eine Lady aussieht, aber ganz gewiss keine ist.

Sie winkt mit der Schrotflinte, deren beide Hähne gespannt sind.

»Los, ihr zwei, haut ab! Ihr seid hier fertig! Jetzt nehme ich Revanche. Haut endlich ab!«

Der Flößer- oder Holzfällerboss nickt sofort und setzt sich in Bewegung.

»Sicher, Schwester, sicher«, sagt er. »Ich habe hier nichts mehr verloren. Ich bin schon so gut wie weg! Und viel Glück, Schwester. Diese Pilger hier sind wohl wirklich keine Guten und Reinen.«

Er verschwindet durch die offene Tür. Pierce aber zögert noch.

Einen Moment blickt er in die grünen Augen der Frau, will etwas sagen.

Doch sie kommt ihm zuvor und spricht hart und heiser: »Mister, Tillburn hat mich vor vier Jahren für tausend Dollar verkauft. Er brauchte die tausend Dollar, um in einer Pokerspielrunde bleiben zu können. Er wäre sonst hinausgebluffft worden. Er verkaufte mich für tausend Dollar. Verstehen Sie, Mister.«

Er hört die Worte.

Doch in ihren Augen liest er mehr, als sie ihm mit tausend Worten sagen könnte.

In ihren Augen erkennt er alles – nämlich die vier Jahre Hölle, die sie tausend Jahre älter machten in der Seele. Und so sagt er nichts mehr. Er nickt nur und geht hinaus. Er ist ein Mann aus dem Yellowstone-Land, wo es noch keine Zivilisation und deren Maßstäbe gibt. Er ist ein Mann, der auch einer Frau zubilligt zurückzuzahlen, was man ihr einst antat.

Er geht wortlos hinaus.

Doch draußen auf dem Hof verhält er.

In der großen Amüsierhalle ist jetzt wieder tobender Lärm. Eine Darbietung wurde offenbar beendet und erhält nun johlenden, pfeifenden, trampelnden und klatschenden Beifall, begleitet von einigen Tuschs der Musik.

Aber dennoch hört man das Krachen der Schrotflinte. Es dauert dann noch eine Weile, bis die grünäugige Schöne herauskommt.

Jetzt hat sie es ziemlich eilig. Sie gleitet in das Halbdunkel des Hofes wie eine flüchtende Katze. Hinter ihr brüllen Männerstimmen.

Sie flüchtet an Pierce vorbei, ohne ihn zu bemerken. Denn ihre Augen haben sich nicht so schnell an das Halbdunkel hier im Hof gewöhnen können.

Pierce aber kann schon wieder gut sehen.

Er fand an der Hauswand ein schmales Brett. Es ist länger als er und so breit wie seine Hand.

Er steht neben der offenen Tür, und als nun die Verfolger aus der Tür heraus in den Hof stürmen wollen, da schlägt er ihnen mit dem Brett die Nasen platt. Es ist so, als stürmten sie gegen eine Wand.

Er wirft die sich nach außen öffnende Tür zu und stemmt das Brett gegen den oberen Querbalken, auf dem das geschmiedete Türgehänge festgeschraubt ist.

Dann geht er seines Weges, verschwindet durch die Gassen und macht einen großen Umweg zu seinem Schiff.

Und fortwährend denkt er an diese grünäugige und rothaarige Frau.

Verdammt, was für ein Weib, denkt er immer wieder. Was für ein Weib! Sie hat mit Zinsen zurückgezahlt, was man ihr einst antat. Die wurde in der Hölle hartgebrannt. Ob sie überhaupt noch lieben kann?

Er hätte das alles gerne herausgefunden.

Doch er glaubt nicht, dass er sie noch einmal wiedersehen wird.

Denn das Dampfboot, mit dem er wieder ins Yellowstone-Land fahren will, zurück in die alten Jagdgründe, dieses Dampfboot wird beim ersten Tageslicht ablegen.

3

Als er an Bord kommt, hat immer noch der gleiche Decksmann an der Gangway Wache.

Der Mann grinst und fragt: »Schon genug von Saint Louis, Lederstrumpf? Oder sind die Taschen leer?«

»Beides«, erwidert Pierce, und geht an Bord. Er sucht sich zwischen den überall an Deck gestapelten Brennholzvorräten einen Platz, nachdem er sich aus dem Speiseraum sein Gepäck holte.

Er hat nur einen Decksplatz gekauft. Er wird sich also die ganze Fahrt an Deck aufhalten müssen. Nur zu den Mahlzeiten dürfen die Deckspassagiere in den Speiseraum.

Überall hocken und kauern bereits Deckspassagiere zwischen den Brennholzstapeln. Die Maschinisten haben auch schon Feuer unter dem Kessel, und der Dampfdruck lässt Letztere jetzt merkwürdig summen. Dieses Summen erfüllt das Schiff.

Es ist etwa eine Stunde nach Mitternacht, als die Schiffsglocke zum ersten Mal läutet und dann auch das Dampfhorn das erste Signal gibt.

Nach dem dritten Signal in etwa einer Stunde wird das Schiff ablegen.

Denn die Nacht wurde hell.

Mond und Sterne leuchten. Der Strom glänzt im Silberlicht.

Yellowstone Pierce kann von seinem Platz aus gut die Landebrücke und die Uferstraße beobachten.

Ja, er rechnet damit, dass vielleicht Männer aus

dem Riverman Saloon nach ihm suchen. Doch es zeigt sich niemand. Einige Passagiere kommen an Bord, auch Frauen und Kinder. Doch es sind gewiss keine Männer vom Riverman Saloon dabei.

Immer wieder denkt Pierce in dieser Stunde an die grünäugige Frau, die John Tillburn Jessica nannte.

Es ist ein schöner Name, denkt er immer wieder und lässt ihn in Gedanken sozusagen auf der Zunge zergehen. Einige Male murmelt er ihn sogar.

Immer intensiver beschäftigt er sich mit dieser Jessica. Ob sie John Tillburn getötet hat? Auch dies fragt er sich mehrmals.

Er muss es annehmen. Denn die abgesägte Schrotflinte war ein böses Ding. Wenn sie mit Indianerschrot geladen war, dann konnte Jessica den Mann fast in zwei Teile damit schießen.

Pierce zweifelt nicht, dass sie entschlossen war.

»Was für eine Frau«, murmelt er wieder.

Die Zeit vergeht.

Es ist dann in der dritten Morgenstunde, als die Mayflower ablegt und von dem Heckschaufelrad in den Strom geschoben wird.

Pierce Damson kann nun sicher sein, dass er ohne weiteren Verdruss von Saint Louis wegkommt. Und so legt er sich zwischen den Brennholzstapeln zur Ruhe. Er benutzt sein Bündel als Kopfkissen.

Und bald wird er aus diesem Bündel wieder seinen Hirschlederanzug herausholen und ihn mit dem städtisch wirkenden Cordanzug tauschen. Er wird sich wohler fühlen, je weiter ihn die Mayflower nach Norden bringt.

Und dann – an der Yellowstone-Mündung –, da wird er das Schiff verlassen.

Geld hat er genug in den Taschen.

Seine Ausrüstung für den nächsten Winter wird erstklassig und reichhaltig sein.

Nach Saint Louis wird er sich sein ganzes Leben lang nicht mehr sehnen.

Die Sonne steht schon hoch am Himmel, als Pierce Damson erwacht und den Hunger in seinem Magen spürt.

Er macht sich auf den Weg zum Speiseraum, um noch etwas vom Frühstück zu ergattern. Plötzlich hält er inne.

Denn er wird sich erst jetzt bewusst, dass er ja wieder genügend Geld in den Taschen hat, um sich einen Kabinenplatz kaufen zu können. Dieser Decksplatz war ja nur gewissermaßen sein »Rettungsring«, um wieder nach Norden zu kommen, wenn sie ihn in Saint Louis zu sehr ausplündern sollten.

Aber jetzt …

Er steigt den Aufgang hinauf zum nächsten Deck, um den Zahlmeister aufzusuchen.

Und da steht er plötzlich vor der grünäugigen und rothaarigen Lady, an die er so oft denken musste, ja, von der er vorhin sogar träumte.

Jetzt hält sie keine Schrotflinte in den Händen, aber in ihren Augen erkennt er ihr Erschrecken. Und so sagt er schnell: »Keine Sorge, Jessica, keine Sorge, Schwester.«

Sie sieht ihn fest und gerade an. Dabei muss sie den Kopf in den Nacken legen, denn sie ist nur mittelgroß für eine Frau, er aber ein überdurchschnittlich groß geratener Bursche. Schließlich nickt sie und sagt: »Ja, wir hatten wohl beide eine Rechnung mit Tillburn zu begleichen, aber meine war höher.«

Er nickt und erwidert: »Das glaube ich, Schwester – ja, das glaube ich. Mein Name ist Pierce Damson. Wollen Sie nur bis nach Kansas City – oder hinauf nach Norden zu den Goldfundgebieten im nordwestlichen Montana?«

In ihre Augen tritt der Ausdruck von Vorsicht.

»Ich weiß noch nicht ...«, murmelt sie. »Mein Name ist Jessica Mahoun. Aber was sind schon Namen, Mister Damson, nicht wahr?«

Er nickt leicht.

Dann grinst blinkend er unter seinem Schnurrbart.

»Sie sind schön, reizvoll, begehrenswert, Jessica Mahoun. Ihnen machen gewiss alle Männer zwischen fünfzehn und neunzig den Hof. Aber ich spüre, dass Sie genug von den Männern haben. Oder irre ich mich da?«

»Nein«, erwidert sie. »Da irren Sie sich nicht, Mister Damson. Ich habe bis in die Steinzeit und zurück genug von Männern. Von mir aus können sie aussterben.«

»Dann werde ich Sie in Ruhe lassen«, erwidert er. »Aber wir könnten dennoch dann und wann ein paar Worte wechseln. Wissen Sie, dorthin, wo ich gehe, würde mich keine Frau begleiten. Ich werde dann auch mehr als sechs Monate allein sein und höchstens ein paar Indianer sehen. Ich werde Selbstgespräche führen und mich manchmal an die schönste Frau erinnern, die ich jemals zu sehen bekam, nämlich Sie. Deshalb sollten wir wirklich manchmal ein paar Worte miteinander wechseln. Wir sind ja noch viele Tage und Nächte zusammen auf diesem Dampfboot.«

Sie nickt nur, dann geht sie an ihm vorbei. Er blickt ihr nach. Ihre Bewegungen sind leicht und geschmeidig. Offenbar ist sie dabei, auf dem Kabinendeck einige Morgenrunden zu drehen, um Bewegung in der frischen Luft zu haben.

Er sucht den Zahlmeister des Dampfbootes auf, um vielleicht doch noch einen Kabinenplatz zu bekommen. Und er hat Glück.

Es kamen einige Passagiere nicht rechtzeitig an Bord, obwohl sie ihre Kabinenplätze schon bezahlt haben. Nun verkauft der Zahlmeister einen dieser Plätze zum zweiten Mal.

Als Pierce die zugewiesene Doppelkabine betritt, hört er das Schnarchen eines Mannes. In dem kleinen Raum riecht es nach Schnaps – oder besser gesagt, nach einem Menschen, der seinen Rausch ausgedünstet hat. Er öffnet das Fenster, und da bricht auch schon das Schnarchen ab.

Eine heisere Stimme sagt vorwurfsvoll: »Mann, weißt du nicht, dass ein warmer Mief besser ist als kalter Ozon?«

»Nein, wenn der warme Mief so stinkt wie ein ganzer Stall voller Ziegenböcke«, erwidert Pierce.

Der Mann richtet sich auf dem Lager auf, grollt schon drohend.

Aber dann erkennen sie sich.

Der Mann ist nämlich jener Flößer- oder Holzfällerboss aus dem Hinterzimmer des Spielsaloons.

Er starrt Pierce an und sagt dann: »Na schön, ich bin nicht scharf auf einen Streit mit dir. Schließlich sah ich dich in der vergangenen Nacht bei der Sache. Doch es ist nicht die Furcht, die mich friedlich bleiben lässt; es ist pure Sympathie, weil du ein haariger Bursche bist. Verstehst du?«

»Sicher«, sagt Pierce.

Er schließt das Fenster wieder, sodass der Wind nicht mehr so in die Kabine blasen kann. Es ist ein kalter Nordostwind. Und weil das Schiff jetzt in nordwestlicher Richtung gegen den Strom ankämpfen muss – etwa sechs Meilen in der Stunde –, kam der Wind auf der Steuerbordseite voll hereingeblasen, denn es ist die Luvseite.

Pierce setzt sich auf die zweite Koje und sagt: »Das ist schon ein merkwürdiges Spiel des Schicksals, dass wir uns alle drei auf diesem Schiff wiederfinden. Oder weißt du noch gar nicht, dass die Schöne mit der Schrotflinte auch an Bord ist? Wie heißt du überhaupt?«

Aber der bullige Mann staunt erst eine Weile.

»Aaah, die ist auch an Bord? Schlau von ihr, mit dem ersten abgehenden Schiff Saint Louis zu verlassen – schlau von ihr. Die hat diesen John Tillburn bestimmt umgebracht, ganz sicher hat sie das getan.

Was für eine Frau! So schön und so hart. Ob die überhaupt noch ein Herz hat, das Liebe geben kann und sich selbst auch nach Liebe sehnt?« Er verstummt zweifelnd.

Dann murmelt er: »Wir drei also zusammen auf diesem Schiff. Ist das Zufall? Ist das Bestimmung? Hat es etwas zu bedeuten? Aber eigentlich ist es ganz logisch. Dieses Dampfboot fuhr zur richtigen Zeit für uns nach Norden. Wir alle wollten weg von Saint Louis. Also ist es nur naheliegend, dass wir uns hier an Bord wieder begegnen. Es ist also weder Zufall, noch Schicksal; es ist logisch. Und jetzt habe ich verdammt Hunger bekommen. Ob die hier einen starken Kaffee kochen können?«

Von Saint Louis nach Kansas City sind es rund dreihundert Flussmeilen, und die Mayflower legt die Strecke in genau dreiundfünfzig Stunden zurück, denn die Nächte sind mond- und sternenhell, und der Strom ist auf diesem Stück noch relativ harmlos. Es gibt hier kaum Sandbänke oder Riffe, auch nur wenig treibende Bäume oder Stämme von auseinandergerissenen Flößen.

Die beiden Männer bekommen die schöne Jessica Mahoun nur wenig zu sehen, nämlich dann nur, wenn sie ihre täglichen Runden auf dem Kabinendeck dreht, um sich in frischer Luft Bewegung zu machen.

Das Wetter ist zwar klar und trocken, doch kalt und windig.

Man spürt irgendwie instinktiv und auch in der Nase, dass dort im Norden der Winter schon auf dem Sprung hockt.

Jessica Mahoun nimmt ihre Mahlzeiten in ihrer Kabine ein. Sie besitzt offenbar genügend Geld, um sich den Steward freundlich zu halten und Sonderwünsche erfüllt zu bekommen.

Pierce Damson und Huck Bannerhan – so heißt der Flößer- und Holzfällerboss nämlich – freunden sich in diesen Tagen ein wenig an. Es haben sich an Bord schnell einige Pokerrunden gebildet. Man vertreibt sich die Zeit.

Die Mayflower befördert fünfundsiebzig Passagiere, aber da sie nur zwei Dutzend Kabinen besitzt, von denen einige sogar nur Einzelkabinen sind, müssen die meisten Passagiere die Fahrt an Deck überstehen.

Denn sonst ist die Mayflower sozusagen bis zum Stehkragen angefüllt mit Fracht jeder Art und mit Feuerholz für die beiden Kessel, deren Dampf das Heckschaufelrad in Bewegung hält.

Als sie bei der Schiffslandestelle Kansas City anlegt – es hieß vor nicht langer Zeit noch Westport –, da drängen die meisten Passagiere an Land. Denn in Kansas City ist eine Menge los.

Hier ist das große Ausfalltor nach Westen.

Wagenzüge starten von hier nach Oregon, nach Montana – aber auch nach Kalifornien und vor allen Dingen nach Santa Fe. Von Kansas City aus führen die Lebensadern in das gewaltige Land zwischen der Kanada- und Mexikogrenze bis zur Westküste, die man ja auf dem Seeweg nur um Kap Hoorn herum erreichen kann.

Kansas City ist aber auch der Sammelplatz von Büffelhäuten.

Hunderttausend Büffelhäute werden von hier aus nach dem Osten transportiert.

Auf der Kansasprärie bis nach Laramie werden in dieser Zeit die gewaltigen Büffelherden abgeschlachtet.

Von hier aus starten also auch die Büffeljägermannschaften – und nach hier schaffen sie ihre stinkende Beute, die Häute.

In Kansas City ist also Bewegung, Leben, Betriebsamkeit.

Und die Passagiere der Mayflower haben einige Stunden Zeit. Ladung muss gelöscht und Brennholz übernommen werden.

Nur Jessica Mahoun geht nicht von Bord. Sie bleibt sogar zumeist in der Kabine. Erst als es dunkel wird und an Land und auf der Landebrücke die Laternen gelben Lichtschein verbreiten, da tritt sie hinaus an Deck und verharrt an der Reling.

Sie blickt auf das Leben und Treiben an Land.

Und es gibt da viel zu sehen.

Überall sind Kisten, Fässer und Ballen gestapelt. Fuhrwerke laden auf, fahren fort, rücken nach zu den Ladestellen. Dampfwinden rattern, und die Lademasten schwingen ständig zwischen Schiff und Ufer hin und her.

An Land sind auch neugierige Schaulustige versammelt. Pferdedroschken verkehren zwischen der Schiffslandestelle und der Stadt.

Jessica Mahoun beobachtet ständig die Menschen an Land. Es sind zumeist Männer.

Jessica Mahoun macht sich keine Illusionen.

Gewiss, sie hofft und ist fast sicher, dass sie den fünf Banditen und Revolvermännern entkommen konnte, aber sie weiß auch, dass die fünf harten Burschen so schnell nicht aufgeben – schon allein deshalb nicht, weil dies nicht ihre Art ist, aber auch nicht, weil sie von ihr zu schlimm reingelegt wurden – und letztlich auch nicht, weil die Beute zu wertvoll ist, mit der sie ihnen entkam.

Jessicas Fährte ist für erfahrene Männer leicht zu verfolgen.

Denn sie ist eine schöne Frau, an die jeder sich erinnert.

Sie fuhr in Postkutschen, musste zweimal etwas von dem wertvollen Schmuck verkaufen. Sie kleidete sich ein. Und ganz gewiss erinnert man sich auch in der Kartenverkaufsstelle der Schiffslinie an sie.

In Saint Louis weilte sie zwei Tage, verlor also Zeit und Vorsprung.

Die Mayflower ist kein besonders schnelles Dampfboot, weil es ja hauptsächlich Frachten befördert. Es gibt schnellere Dampfboote auf dem Missouri.

Ja, sie könnte eingeholt werden, besonders jetzt, da sie viele Stunden Aufenthalt haben. Die großen Saloonschiffe fahren schneller, viel schneller.

Jeden der fünf Banditen, die sie um die Beute betrog, könnte sie allein schon an der Gestalt und den Bewegungen erkennen. Sie braucht dazu gar nicht die Gesichter zu sehen.

Und so beobachtet sie alle Menschen an Land, auch jene, die bei den Frachtstapeln und Büffelhäutestapeln, Holzstapeln und bei den wartenden Wagen herumlungern.

In ihr ist eine Unruhe. Sie hat ein ungutes Gefühl, und sie weiß, dass es die feinen Warnsignale ihres Instinktes sind.

Etwas kommt auf sie zu.

Sie spürt es mit wachsender Unruhe.

Und immer dann, wenn sie an Jesse Slade, Tom Haley, Vance Rounds, Shorty Wells und Bac Longley denkt, wird dieses ungute Gefühl besonders stark.

Deshalb harrt sie aus oben an der Reling des Kabinendecks. Hinter sich hat sie die dunklen Aufbauten der Kabinen, vor denen sich ihre Gestalt kaum abhebt. Über sich hat sie das Sturmdeck, und die Reling vor ihr ist ziemlich dicht und so wenig durchsichtig wie ein dichter Lattenzaun.

Man kann sie wahrscheinlich von Land aus nicht entdecken – und wenn, dann nur als dunkle Gestalt.

So fühlt sie sich sicher.

Aber dieses Gefühl bezieht sich nur auf den Schutz der Dunkelheit.

Sonst fühlt sie sich zunehmend in Gefahr.

Länger als zwei Stunden harrt sie so aus, wechselt nur manchmal die Haltung, beobachtet jedoch fortwährend alles, was dort drüben an Land geschieht. Da sie sich etwa vier Yards hoch über den Köpfen der Menschen an Land befindet, kann sie auch alles gut übersehen.

Es muss gegen Mitternacht sein, als die ersten Passagiere wieder von der Stadt zum Schiff zurückkommen. Einige kommen zu Fuß, aber die meisten kommen mit Droschken oder fahren in irgendwelchen Fahrzeugen mit. Die meisten dieser Männer sind mehr oder weniger betrunken, und wahrscheinlich suchten nicht wenige von ihnen die Gesellschaft von Frauen. Dort drüben in der Stadt gibt es gewiss viele käufliche Frauen.

Jessica erschaudert innerlich, und sie presst die Zähne so sehr zusammen, dass sie das Knirschen hört.

Dann verdrängt sie alle Erinnerungen und zuckt zusammen.

Die Gestalt eines Mannes taucht auf, und diese Gestalt ist unverkennbar.

Solch einen kleinen, gedrungenen und krummbeinigen Mann gibt es nur einmal.

»Das ist Shorty«, flüstert sie heiser. »Beim Teufel in der Hölle, das kann nur Shorty Wells sein, dieser verdammte Killer, der am Rio Grande noch zuletzt mit dem Büffelgewehr den Kapitän unserer Verfolger erschoss. Verdammt, wie haben sie das geschafft, mir vom Rio Grande bis nach Kansas City auf der Fährte zu bleiben?«

Doch sie kann sich keine Antwort auf ihre geflüsterte Frage geben.

Denn wie es die fünf Banditen geschafft haben, ist eigentlich völlig unwichtig.

Allein dass sie es schafften, ist wichtig und brutale Realität.

Panik will sie erfassen, und sie denkt: Ich hätte sie töten sollen, verdammt, ich hätte sie nicht am Leben lassen dürfen! Denn wenn sie mich erwischen, werden sie mir gegenüber keine Gnade kennen.

4

Was soll sie tun? Was wäre jetzt angemessen und richtig?

Sie kann beobachten, wie Shorty Wells zu dem Decksmann tritt, der an der Gangway Wache hält und niemanden an Bord lässt, der keinen Fahrschein hat. Denn natürlich versuchen sich manchmal arme Teufel als Deckspassagiere einzuschmuggeln, um billig stromauf zu kommen.

Shorty spricht mit dem Decksmann, stellt ihm offenbar Fragen.

Aber erst als Shorty Wells dem Mann etwas in die Hand drückt, nickt dieser.

Jessica kann sich leicht vorstellen, wonach Shorty fragte, nach einer schönen Frau mit grünen Augen und roten Haaren natürlich, wie es so leicht unter tausend anderen keine zweite gibt.

Und da brauchte der Decksmann an der Gangway nur zu nicken.

Vielleicht sagte er sogar: »Ja, so eine haben wir an Bord.« So etwa muss es vonstatten gegangen sein dort unten an der Gangway.

Sie bringt ihre anfängliche Panik wieder unter Kontrolle. Nun ist sie gespannt darauf, was Shorty Wells tun wird.

Wenn er sich umdreht und fortgeht, dann wird er die vier anderen Partner holen.

Doch dann wird er mit ihnen teilen müssen, sollten sie Jessica die Beute wieder abjagen können. Sie ist nicht sicher, ob Shorty die anderen holen wird. Denn sie kennt ja diese Kerle inzwischen ziemlich gut. Sie weiß längst, dass jeder von ihnen ein zweibeiniger Wolf ist. Doch während echte, vierbeinige Wölfe dem Rudel gegenüber durch Naturinstinkte verpflichtet sind, sodass der Fortbestand der Art stets gesichert bleibt, ist es bei den zweibeinigen Menschenwölfen anders.

Hier will jeder möglichst viel Beute für sich.

Und wenn es sich machen lässt, dann betrügt er das Rudel. Besonders von Shorty Wells, der ja ein erbarmungsloser Killer ist und über keinerlei positive Werte oder Eigenschaften verfügt, ist das eigentlich zu erwarten. Und sie täuscht sich nicht.

Der Wachmann an der Gangway lässt ihn an Bord. Am nächsten Morgen wird er ein Ticket beim Zahlmeister lösen, wahrscheinlich nur einen billigen Decksplatz. Da Jessica allen Männern am Rio Grande die Taschen leerte, ihnen also keinen einzigen Dollar ließ, müssen sie sich bald schon Geld verschafft haben. Vielleicht hielten sie eine Postkutsche an, überfielen eine Ranch oder gar in der nächsten größeren Stadt eine Bank.

Jedenfalls verschafften sie sich genügend »Reisegeld«. Auch mussten sie wahrscheinlich die Pferde verkaufen, die sie sich auf irgendeine Art besorgten. Denn ihre eigenen Tiere trieb Jessica zu weit fort.

Shorty Wells kommt also an Bord.

Noch befindet er sich unten auf dem Hauptdeck. Doch wenn ihm der Decksmann sagte, in welcher

Kabine die schöne Lady wohnt, dann wird er wohl nicht lange auf sich warten lassen.

Jessica weiß plötzlich, was zu tun ist.

Sie ergreift ihre stets in Bereitschaft neben der Tür stehende Reisetasche, ohne mehr als einen halben Schritt in die Kabine zu treten.

Dann huscht sie einige Schritte weiter und erreicht die Kabine von Pierce Damson und Huck Bannerhan, die beide an Land gegangen sind, um sich in Kansas City umzusehen und sich ein wenig die Zeit zu vertreiben.

Man kann diese Kabinentüren mit einem Vierkantschlüssel öffnen und nur von innen zuverlässig abriegeln. Sie versucht es mit dem Vierkantschlüssel ihrer eigenen Kabine. Und es geht leicht.

Sie gleitet in den dunklen Raum und riegelt ab.

Dann tritt sie ans Fenster neben der Tür und schiebt die Gardine ein wenig zur Seite. Die Sicht für sie ist nicht schlecht. Denn gegen die Helligkeit an Land muss jeder Mensch, der an diesem Fenster vorbei zu ihrer Kabine will, sich deutlich genug abheben.

Aber Shorty Wells nimmt sich Zeit.

Wahrscheinlich streicht er erst durch das Schiff, dessen Kessel wieder zu summen beginnen. Ein Zeichen dafür, dass die Maschinisten wieder Dampf machen, den Druck also erhöhen, sodass die Mayflower schon bald in den Strom gehen und die Fahrt stromauf fortsetzen kann. Auch das erste Glocken- und Dampfhornsignal ertönt im nächsten Moment.

Es kann also nur noch eine einzige Stunde dauern. Aber wo ist Shorty Wells?

Als sie sich das wieder fragt, sieht sie ihn am Fenster vorbeikommen.

Sie öffnet das Fenster um eine Fingerbreite und hört ihn wenig später an ihre Kabinentür klopfen. Die Kabine ist ja nur ein knappes Dutzend Schritte weiter. Zwei andere Kabinen sind dazwischen. Sie öffnet das Fenster ein Stück weiter und kann an der Kabinenaußenwand entlang nach vorn sehen. Ja, er verharrt vor ihrer Kabinentür und klopft wieder. Sie hört ihn sagen: »Ma'am, öffnen Sie! Es ist wichtig! Hier ist der Steward. Bitte öffnen Sie einen Moment!«

Aber es kann niemand öffnen.

Jessica hat die Kabinentür mit dem Vierkantschlüssel zugesperrt.

Irgendwie bekommt Shorty sie auf.

Denn sie kann sehen, wie seine kleine Gestalt in der Kabine verschwindet.

Und jetzt wird er auf mich warten, denkt sie, schließt das Fenster und setzt sich auf den Stuhl. Ihre Reisetasche steht zwischen ihren Füßen.

Und in der Tasche befindet sich ihre Beute aus Mexiko. Sie greift in die Tasche und holt den Revolver hervor. Soll sie zu Shorty gehen und versuchen, ihn zu töten?

Sie könnte behaupten, dass er bei ihr eingedrungen wäre, um ihr Gewalt anzutun.

Aber noch bevor sie sich entschließen kann, hört sie Stimmen und Schritte vor der Tür.

Jemand versucht sie mit dem Drücker zu öffnen, aber das geht nicht, weil sie von innen abgeriegelt und den Riegel gesichert hat.

Sie hört Pierce Damsons Stimme staunend sagen: »Da ist wohl jemand drinnen und hat abgeriegelt. He, wer ist denn ...«

Er klopft dabei an die Tür.

Doch Jessica öffnet in diesem Moment.

»Pssst!« So macht sie und flüstert dann: »Leise, Gentlemen, leise! Ich bin in meiner Not zu Ihnen geflüchtet, weil ich sicher bin, dass ich bei Ihnen beschützt werde und mir nichts geschehen wird. Leise!«

Indes sie dies scharf und drängend flüstert, zieht sie die Männer in die Kabine herein und schließt die Tür. Ihr Atem geht heftig.

Irgendwie glauben die Männer vom ersten Moment an, dass sie wirklich in Angst und Furcht ist – und deshalb auch in Not.

»Wer bedroht Sie, Schwester? Doch nicht die Kerle aus Saint Louis?«

Huck Bannerhan fragt es grollend.

»Wer sonst?« So fragt sie bitter zurück. Dann spricht sie mit atemlosem Flüstern weiter: »Ein Mann drang in meine Kabine ein und wartet dort auf mich. Ich sah ihn von der Reling aus an Bord kommen. Ich erkannte ihn im Laternenschein bei der Gangway und der Landebrücke. Ich flüchtete zu euch hierher. Er ist gekommen, um mich zu töten.«

Sie schweigen nach ihren Worten eine Weile, und sie denken nach.

Dass es um diese Frau ein Geheimnis gibt, wissen sie ja schon längst.

Sonst wäre Jessica nicht mit einer bösartigen

Schrotflinte gekommen, um einen Mann zu töten.

Sie möchten Fragen stellen, hinter ihr Geheimnis kommen. Sie möchten wissen, in welchem Verdruss sie steckt.

Aber zugleich auch achten sie die Geheimnisse anderer Menschen.

Für sie zählt allein, dass sie eine schöne und begehrenswerte Frau ist, die Hilfe braucht.

Und das allein genügt ihnen.

Indes Pierce Damson noch schweigt, sagt Huck Bannerhan grollend: »Dann will ich mal gehen und den Kerl an seiner Nase aus Ihrer Kabine zerren, Schwester.«

Er will hinaus, aber sie sagt schnell: »Nein – noch nicht, mein Freund!«

»Warum nicht jetzt gleich?« In seiner Stimme liegt staunende Ungeduld, denn er ist ein Bursche, der stets den »Stier bei den Hörnern packt«, wie man so treffend sagt, wenn jemand stets geradewegs auf ein Ziel losgeht.

Sie erwidert: »Da ist sicherlich eine ganze Bande an Land, die ausgeschwärmt ist, mich zu finden. Wenn Sie ihn nur von Bord werfen, dann holt er die anderen. Es wäre besser, wenn das Schiff schon abgelegt hätte. Wenn er dann in den Fluss geworfen wird, kann die Bande vorerst nichts mehr unternehmen. Sie könnte mir erst mit dem nächsten Schiff folgen.«

»Ja, so ist das wohl.« Huck Bannerhan lacht grimmig. »Also werfen wir ihn erst in den Bach, wenn die Mayflower schon ein paar Meilen stromauf gedampft ist. Und bis dahin sind Sie uns ein lieber Gast, Schwester.«

»Nennen Sie mich einfach nur Jessica«, murmelt sie. Und nach einem Zögern setzt sie hinzu: »Und ich bin Ihnen gewiss eine Erklärung schuldig, nicht wahr?«

»Wir wissen schon genug, Jessica«, sagt nun Pierce Damson, der bisher schwieg. »Dieser John Tillburn hatte Sie vor vier Jahren für tausend Dollar verkauft. Das sagten Sie uns schon. Und Sie kamen als reife Frau zurück nach Saint Louis und füllten ihn mit Blei. Dazu hatten Sie ein Recht. Gut so! Jetzt sind Tillburns Freunde hinter Ihnen her. So sieht es aus für uns. Nun, wir werden Sie beschützen. Wo aber wollen Sie hin?«

»Vielleicht muss ich bis ans Ende der Welt flüchten«, erwidert sie heiser. In ihrer Stimme ist Furcht.

»Dieser John Tillburn muss gute Freunde haben – oder gar Brüder«, murmelt Pierce Damson nachdenklich. »Denn nur solche bringen so viel Hartnäckigkeit auf. Vielleicht haben Sie uns jedoch längst noch nicht alles erzählt, Jessica. Doch wir wollen es nicht wissen. Für uns genügt es, dass Sie in Not sind.«

Eine Weile schweigen sie.

Dann hören sie die Schiffsglocke, und wenig später ertönt das Dampfhorn der Mayflower zum zweiten Mal.

In einer halben Stunde wird das dritte Signal gegeben werden.

Dann legt die Mayflower ab.

In der Kabine brennt immer noch keine Lampe. Doch die hell und silbern schimmernde Nacht lässt etwas Licht durchs Kabinenfenster sickern. Die beiden Männer können die Gestalt der schönen Jessica auf dem einzigen Stuhl sitzen sehen – angespannt und kerzengerade.

Nach einer Weile sagt Pierce Damson langsam:

»Jessica, wenn das Schiff hier ablegt, dann gibt es bald keine Zivilisation mehr zu beiden Seiten des Stromes. Ich kann Ihnen die paar Schiffslandestellen an den Fingern meiner Hände abzählen. Ihre letzte Chance aussteigen zu können, wird bei Omaha sein. Denn dann kommen nur noch Forts. Und hinter Fort Lincoln ist nur noch Indianergebiet. Von hier bis Fort Lincoln sind es zwölfhundert Meilen, viel zu spät, um auszusteigen. Sie müssten dann weiter bis nach Fort Benton und von dort aus in die Goldfundgebiete. Dort gibt es größere Campstädte, in denen nicht weniger Betrieb ist als hier in Kansas City – nur viel wilder. Wenn Sie nach dem Osten wollen, dann müssen Sie spätestens in Omaha raus, und bis dorthin sind es etwa zweihundertundzwanzig Meilen.«

»Und wohin fahren Sie, Pierce Damson?« Sie fragt es mit einem metallischen Klang in der Stimme.

In seiner Stimme ist ebenfalls ein besonderer Klang, nämlich ein irgendwie amüsiert und zugleich auch fast mitleidig klingendes Lachen, als er erwidert:

»Ich fahre auf diesem Schiff noch fünfzehnhundert Meilen stromauf bis zur Yellowstone-Mündung. Und von dort aus ziehe ich westwärts. Man nennt mich in diesem Land dort Yellowstone Pierce.«

»Aha«, macht sie nur.

Dann herrscht wieder eine Weile Schweigen in der Kabine.

Huck Bannerhan aber fragt plötzlich, so als wäre ihm ein Gedanke gekommen:

»He, gibt es Wald im Yellowstone-Land? Ich meine richtigen Wald mit gewaltigen Bäumen, Edelholzbäumen. Gibt es dort eine Chance, ein Riesenfloß zusammenzubekommen?«

»Nein, da müsstest du über die Bitter Roots nach Oregon hinüber. Dort findest du gewaltige Wälder mit Riesenbäumen«, erwidert Pierce ernst. »Doch die könntest du nur zur Westküste schaffen als Flöße.«

»Vielleicht sehe ich mir das mal an und versuche es«, murmelt Huck Bannerhan. Er wendet sich nun direkt an Pierce. »Du kennst dich offenbar gut aus dort in dem Land. Ich kenne mich im Holzfäller- und Floßgeschäft aus. Wenn wir uns zusammentun und eine hartbeinige Mannschaft anwerben, dann verdienst du mehr als mit Fallenstellen und Pelztierjagd. Bist du interessiert?«

»Ich werde darüber nachdenken«, erwidert Pierce. »Und wir haben ja noch fünfzehnhundert Meilen Zeit.«

Wieder schweigen sie. Sie möchten gerne mit Jessica ein wenig plaudern, auch mehr über sie erfahren, vor allen Dingen ihre Probleme genauer kennen lernen. Doch sie stellen keine Fragen.

Und so vergehen die Minuten, reihen sich zu der

halben Stunde, die noch vergehen muss, bis die Schiffsglocke und dann das Dampfhorn zum dritten und letzten Mal tönen werden.

Unmittelbar danach wird das Schiff ablegen.

Jessica sagt plötzlich: »Ich werde euch dankbar sein wie eine Schwester ihren großen Brüdern. Hattet ihr Schwestern?«

»Sieben.« Huck Bannerhan lacht. »Sieben an der Zahl. Und alle waren sie so hässlich wie ich. Für einen Mann ist das nicht schlimm – aber für Mädchen ... Sie wurden alle so groß, schwer und stark wie ich. Die hätten in jedem Saloon Rauswerfer werden können. Aber sie hatten weiche Herzen. Sie konnten keiner Fliege etwas zuleide tun.«

Er verstummt mit einem wehmütigen und bittertraurigen Klang in der heiser gewordenen Stimme.

»Und was wurde aus ihnen?« Jessica fragt es sanft.

»Da kam ein verdammter Mormone«, spricht Huck Bannerhan. »Der war kaum mehr als halb so groß und so schwer wie jede von ihnen. Er nahm sie mit in die Utah-Wüste, und sie gingen mit ihm wie sieben dumme und fette Gänse mit einem Zwerghahn. Ein verdammter Mormone mit sieben Frauen. Eigentlich hätte ich ihn damals erschlagen sollen, doch ich war erst fünfzehn. Heute würde ich es tun, verdammt. Ich habe nie wieder etwas von ihnen gehört. Sie folgten ihm aus unseren grünen Hügeln von Tennessee in diese verdammte Mormonenwüste von Utah. Verdammt, manchmal ...«

Er verstummt, denn auf dem Schiff tönen nun die

Kommandos. Man wirft die Leinen los und zieht die Gangway an Deck. Dann bewegt sich das Schiff, erzittert leicht, weil die beiden Dampfmaschinen nun die Kolben bewegen und das Heckschaufelrad sich zu drehen beginnt.

Die Mayflower ist wieder unterwegs.

Jessica sagt plötzlich herbe: »Der Kerl in meiner Kabine ist nicht groß. Er ist ein krummbeiniger Stumpen. Sie nennen ihn Shorty. Er ist ein Killer.«

»Paaah«, macht Huck Bannerhan. »Wenn ich mit einer Mannschaft in die Wälder gehe, um Holz zu schlagen, und wenn ich dieses Holz dann als Riesenfloß stromabwärts schaffe, dann habe ich es mit vier Dutzend der rauesten Burschen zu tun, die man sich nur vorstellen kann. Und ich bändige diese haarigen Affen mit der Faust. Da werde ich wohl noch mit einem Zwerg fertig werden.«

Er tritt zur Tür. Doch bevor er sie öffnet, fragt er: »He, Pierce, es ist dir doch recht, dass ich dies übernehme – oder?«

»Schön, dass du mich fragst.« Pierce grinst im Halbdunkel. »Aber pass gut auf dich auf. Kleine Burschen sind oftmals gefährlicher als Bullenkerle. Und manche sind giftiger als eine Klapperschlange. Aber wem sage ich das?«

»Eben«, schnauft Huck Bannerhan und öffnet die Tür.

Er geht ruhig die paar Schritte weiter bis zu Jessicas Kabine und hämmert dort sofort mit der Faust gegen die Tür.

»He, aufmachen«, verlangt er. »Hier ist der Bootsmann. Aufmachen! Denn Sie sind dort drinnen in der falschen Kabine. Los, rauskommen.«

Es bleibt jenem Shorty Wells drinnen gar nichts anderes übrig. Er weiß zu gut, dass man die Tür aufbekommen und ihn bald schon rausholen könnte.

Und so beschließt er zu sagen, dass er irrtümlich in die falsche Kabine ging, weil er glaubte, sie wäre frei, und er beim Zahlmeister ja das ordnungsgemäße Ticket zu kaufen bereit ist.

Als er aus der Tür tritt, stößt ihm Huck Bannerhan die Faust ins Gesicht, greift jedoch fast zugleich mit der anderen Hand zu und hält ihn vorn an der Kleidung fest, sodass Shorty keinen Purzelbaum nach rückwärts schlägt.

Grollend hebt ihn Huck Bannerhan wie ein Puppe hoch und trägt ihn die zwei Schritte bis zur Reling. Und hier beginnt Shorty Wells schon wieder zu strampeln, denn er ist ein harter Bursche. Auch schlug Huck Bannerhan nicht allzu fest zu.

Er hebt den kleinen, kaum mehr als einhundertzwanzig Pfund schweren Shorty Wells wie ein Wickelkind über die Reling und sagt noch, bevor er ihn fallen lässt: »Pech für dich, wenn du nicht schwimmen kannst.«

Dann lässt er ihn fallen.

Niemand sonst ist hier auf dem Decksgang zwischen Kabinen und Reling.

Wer aus der Stadt an Bord kam, ging schlafen – und die meisten Passagiere kamen mehr oder weniger betrunken an Bord.

Die Besatzung – also die paar Decksleute – hat alle

Hände voll zu tun, um die losgemachten Leinen aufzurollen und vorne auf dem Bugdeck den Ausguck zu besetzen. Die vielen Brennholzstapel auf dem Hauptdeck machen es kaum möglich, etwas vom Fluss zu sehen.

Shorty fällt etwa drei Yards tief ins aufspritzende Wasser. Er taucht jedoch sehr schnell wieder auf, weil er flach mit dem Rücken aufschlug.

Die Mayflower ist noch längst nicht in Fahrt, sondern bewegt sich im Schritttempo stromauf schräg zur Strommitte hin.

Hier am Flussufer ist zwischen dem Schaufelrad und dem Grund noch zu wenig Raum. Die Radschaufeln können das Wasser nicht wegdrücken. Deshalb bewegt sich das Schiff noch so langsam.

Huck Bannerhan beugt sich grinsend über die Reling. Als Shorty Wells wieder auftaucht, beträgt die Entfernung zwischen ihm und Huck Bannerhan in geradester Linie noch keine acht Yards.

Und da passiert etwas, womit Huck Bannerhan niemals gerechnet hat.

Shorty Wells bringt es fertig, sich strampelnd bis fast zur Gürtellinie aus dem Wasser zu recken. Er muss ein ausgezeichneter Schwimmer sein. Nur für einen Sekundenbruchteil, so als wollte er einen Ball fangen, ragt er so hoch aus dem Wasser.

Aber er fängt nichts – er wirft etwas.

Es ist ein blinkendes Wurfmesser, das er aus einer Nackenscheide zauberte.

Das Ding legt die acht oder neun Yards im Silberlicht der Gestirne blinkend zurück und trifft Huck

Bannerhan dicht neben den Kinnwinkel in den Hals.

Es ist nicht zu glauben, aber Bannerhan – der bärenstarke Boss von hartbeinigen Holzfäller- und Flößermannschaften – stirbt stehend an der Reling.

Ein kleiner Mann, den er ins Wasser warf, schleudert ein Wurfmesser, zaubert wie ein Artist und zeigt wieder einmal mehr, dass er gefährlicher ist als eine Giftviper.

Erst als Huck Bannerhan zusammenbricht, eilen Pierce Damson und Jessica Mahoun aus der Kabine zu ihm. Von der anderen Seite tauchen zwei Decksleute der Besatzung auf. Einer fragt: »Was war das?«

»Er war in der Kabine der Lady – der da im Fluss – und dieser hier warf ihn raus und ins Wasser. Aber der Kerl warf noch ein Messer. Ja, aus dem Wasser warf er sein Messer.«

Pierce Damson spricht es ungläubig, staunend.

»Was nicht alles passiert...«, sagt einer der beiden Decksmänner.

Sie blicken dann auf den Toten zu ihren Füßen. Wie auf stillschweigendes Einverständnis bücken sie sich, heben Huck Bannerhan auf und werfen ihn über Bord.

Dann wenden sie sich Pierce und Jessica zu. »Wir können ihn nicht an Bord beerdigen«, sagt einer.

»Tote machen nur Scherereien«, spricht der andere. »Wir sollten das wirklich nicht alles zu klären versuchen. Denn dass der Bursche da aus dem Wasser das Messer schleudern und auch noch treffen konnte, dies glaubt uns doch niemand. Oder?«

Sie gehen weiter.

Jessica und Pierce bleiben zurück.

Als Jessica tief Luft holt, um etwas zu sagen, kommt Pierce ihr zuvor.

»Das ist hier so am Fluss«, sagt er. »Tote machen Scherereien. Man kann sie an Bord nicht beerdigen. Und umkehren will der Kapitän auch nicht. Auch die Behörden von Kansas City würden nicht besonders erfreut sein. Tote, die durch Gewalttat umkamen, sind lästig – überdies würden unsere Aussagen vielleicht nicht mal geglaubt werden. Wer kann schon glauben, dass ein ins Wasser geworfener Mann noch sein Messer schleudern kann? Und überdies wollen Sie doch ganz bestimmt nicht nach Kansas City zurück, wo dieser Shorty und die anderen ...«

»Nein«, unterbricht sie ihn. »Das will ich gewiss nicht. Aber es ist so unmenschlich, so brutal und ...« Sie verstummt hilflos.

Er aber murmelt: »Jessica, je weiter wir den Strom hinaufkommen, umso erbarmungsloser wird diese Welt. Huck Bannerhan hat eigentlich im Fluss noch ein besseres Begräbnis, als ein Mann in der Wildnis, den die Aasfresser auffressen.«

Er wendet sich ab und geht in seine Kabine zurück, die er nun nicht mehr mit Huck Bannerhan teilt. Nur das wenige Gepäck des Mannes wird ihn noch an ihn erinnern.

Jessica folgt ihm, aber sie holt nur ihre Reisetasche aus der Kabine.

Damit verschwindet sie bald darauf in ihrer eigenen Kabine.

Sie sprach kein Wort mehr.

Pierce aber verharrt noch in der offenen Tür.

Der Fluss schimmert silbern im Mond- und Sternenlicht. Das Schiff hat nun fast schon volle Fahrt aufgenommen, also etwa sechs Meilen Geschwindigkeit stromauf.

Er denkt mit Bedauern an Huck Bannerhan. Vielleicht wären sie Partner und Freunde geworden.

Aber es sollte nicht sein hier in dieser gewalttätigen Welt. Bannerhan wollte Jessica helfen wie ein Beschützer. Und es wurde sein Unglück.

Nun ist er tot und treibt den Strom hinunter.

Aber jedes Menschen Glück geht einmal zu Ende, denkt Pierce. Auch das seine.

Aber wann?

Er wendet sich in die Kabine zurück und schließt die Tür. Drinnen zündet er die Lampe an und untersucht Huck Bannerhans Gepäck.

Er findet keine Anhaltspunkte, wohin er Nachricht von Huck Bannerhans Tod senden könnte.

Einen großen Teil von Bannerhans Geld findet er. Bannerhan hatte es ja durch Pierces Eingreifen retten können, nachdem Pierce die Pokerspieler kleinmachte.

Als er es zählen will, klopft es an die Kabinentür. Er geht hin und öffnet.

Die beiden Decksmänner, die vorhin Bannerhan über Bord warfen, drängen herein. Einer sagt, nachdem er die Tür schloss: »Uns fiel ein, dass es vielleicht noch einigen Nachlass zu ordnen geben könnte. Denn wenn der Passagier freiwillig von Bord verschwand in Kansas City – oder gar nicht an Bord kam rechtzeitig, dann ...«

Er spricht nicht weiter. Denn er sieht das Geld auf dem Tisch.

»Sie sollten uns keine Schwierigkeiten machen, Lederstrumpf«, sagt der andere Mann. »Wir haben eine Menge Probleme und Schwierigkeiten erst gar nicht aufkommen lassen, indem wir ihn über Bord warfen. Richtig?«

Pierce nickt.

»Nehmt alles«, sagt er. »Und lasst mich in Ruhe, ja? Ich will möglichst friedlich bis zur Yellowstonemündung kommen. Mehr will ich nicht.«

»Das wirst du«, sagt einer der beiden Männer.

Dann nehmen sie alles mit, was einst Huck Bannerhan gehörte – auch das Geld.

Bevor sie gehen, spricht der eine noch halb über die Schulter: »Du bist ein erfahrener Bursche, Lederstrumpf. Du kennst dich aus mit den Sitten und Gebräuchen am und auf dem Big Muddy. Wir wünschen dir ein langes Leben und im Winter stets eine Frau unter der Decke.«

Nach diesen Worten gehen sie.

Er ist allein. Nur die Geräusche des Schiffs sind ständig zu hören.

Ja, er ist zu erfahren, um sich mit Männern der Besatzung anzulegen. Diese Flussleute sind hartgesotten und gnadenlos. Manche sind richtige Piraten. Besonders jene Schiffe, die bis zum oberen Missouri hinauf fahren, haben hartgesottene Besatzungen.

Es ist auch nicht ungewöhnlich, dass Tote in den Fluss geworfen werden.

Die Welt hier auf dem Fluss ist grausam und gnadenlos.

Und es gibt kein Gesetz – nur jenes der Kapitäne und das der Besatzungsgruppen. Auch hier an Bord gibt es mehrere Gruppen, nämlich die der Schiffsführung, die der Decksleute – und die des Maschinenpersonals.

Pierce Damson kann und will diese Welt nicht verändern.

Er löscht die Lampe und legt sich endlich nieder.

Vor seinen Augen taucht Jessica Mahouns Bild auf.

Er denkt: Sie ist eine Frau auf der Flucht. Sie wird verfolgt von einigen gefährlichen Männern. Und was in Saint Louis geschah, als sie Tillburn tötete, gehört vielleicht gar nicht dazu. Das war vielleicht nur eine Episode am Rande. Sie ist eine Frau auf der Flucht. Aber warum sind diese Kerle hinter ihr her? Was ist das Geheimnis? Rache? Nein, das glaube ich nicht. Weiß sie etwas? Kennt sie vielleicht die Lage einer Goldader? Oder weiß sie von einem Geldversteck? Sie kommt von Süden her, vielleicht aus Mexiko? Dorthin hatte sie jener John Tillburn offenbar vor vier Jahren verkauft. Was war in Mexiko? Verdammt, ich will es herausfinden. Und ich will sie haben. Sie gefällt mir. Noch nie wollte ich eine Frau so sehr haben wie sie.

5

Die nächsten zwei Tage und Nächte bleibt Jessica Mahoun in ihrer Kabine. Pierce Damson bekommt sie nicht zu sehen.

In der dritten Nacht aber geschieht dann das Unglück.

Es ist eine zwar kalte, doch sehr helle Nacht. Dennoch sehen die Ausgucksleute vorne am Bug den treibenden Baumstamm zu spät. Als es dann gewaltig bumst, hat die Mayflower dicht neben dem löffelförmigen Bug ein Loch, und der Steuermann kann das Schiff nur auf Grund setzen, bevor es bis zu den Aufbauten in der Tiefe versinkt. Er lässt das Schiff mit voller Kraft auf eine Sandbank auflaufen und rettet es damit. Denn wenn Wasser in den Kesselraum gedrungen wäre ...

Nun, sie sitzen also fest.

Und auch Jessica stürzt aus der Kabine an die Reling. Pierce tritt zu ihr.

»Keine Sorge«, sagt er. »Das passiert nicht selten auf dem Big Muddy. Binnen zweier Tage wird die Mayflower wieder stromauf dampfen. Sie werden eine Menge Ladung von Bord auf die Sandbank bringen müssen. Dann setzen sie die Stelzen ein – da, die beiden langen ladebaumähnlichen Stangen am Bug. Damit stelzen sie Schiffe dieser Art über Untiefen weg, so etwa, als säße man auf einem Schlitten und bewegte sich mit Hilfe zweier Stangen vorwärts. Man kann mit diesen Stelzen oder Spieren das Schiff vorne gewiss so weit anheben, dass sich das Leck über die Wasserlinie hebt und repariert werden kann. Keine Sorge, Jessica.«

»Aber ich mache mir Sorgen«, widerspricht sie. »Nur ein Dummkopf würde sich an meiner Stelle, keine Sorgen machen. Dieser Shorty, den Huck Bannerhan in den Fluss warf, konnte entkommen. Er vermochte sogar Huck Bannerhan zu töten, weil der ihn unterschätzte, obwohl ich ihn vor dieser Giftviper warnte. Shorty wird die ganze Bande alarmiert haben. Ja, eine ganze Bande. Und die bringen es sogar fertig, ein schnelles Dampfboot zu stehlen, um mir zu folgen. Die bringen alles fertig, einfach alles. Diese Bande ist so gefährlich wie tausend Teufel aus der Hölle.«

In ihre Stimme trat mehr und mehr ein Klang von Panik. Pierce beobachtet sie von der Seite her und erkennt, dass sie innerlich vor Furcht vibriert, richtig zittert.

Und er denkt: Sie fürchtet sich vor diesen Männern wie vor der Hölle. Warum mögen sie hinter ihr her sein? Was ist der Grund? Dabei ist sie eine Frau, der nichts mehr fremd ist auf dieser Erde, eine Frau, die sich so leicht vor nichts mehr fürchtet. Ja, sie kam ganz gewiss nur nach Saint Louis, um sich an einem Manne zu rächen, der ihr Böses antat. Sie hatte die Nerven und den Mut, einen Mann wie diesen John Tillburn mitten in seiner Höhle aufzusuchen und abzuschießen. Und dennoch fürchtet sie sich jetzt von einigen Männern, denen sie längst schon entkommen zu sein glaubte. Wann wird sie mich in ihr

Geheimnis einweihen? Es muss eine ganz besondere Sache sein. Und sie braucht Hilfe. Wenn sie erst begreift, dass ich sie beschützen kann, dann werde ich sie bekommen.

Als er mit seinen Gedanken so weit ist, da fragt er sich, ob er sie auf diese Weise überhaupt bekommen möchte.

Aber dann sagt er sich, dass es auf dieser Erde stets ein Nehmen und Geben gibt. Er ist kein edler Schöngeist, sondern seit seiner Kindheit daran gewöhnt, in einem gnadenlosen Land allein ums Überleben zu kämpfen. Er wuchs bei den Indianern auf und ging einige Jahre bei den Jesuiten in die Missionsschule. Auch dort wurde er kein Humanist, der nach edlem Menschentum strebt. Denn als er die Missionsschule verließ, da begann auch schon wieder der raue Lebenskampf für ihn.

Aus dieser Erkenntnis heraus denkt er schon bald ehrlich vor sich selbst bekennend: Verdammt, ich will sie haben, ganz gleich aus welchen Motiven. Ja, ich will sie haben. Denn ich sah noch nie in meinem Leben eine solch reizvolle Frau. Wenn ich da an jenes Indianermädchen denke, das ich bisher hatte ... Und wenn ich an diese Flittchen in Saint Louis denke. Aaah, ihre Wege mögen rau gewesen sein – und sie mag manchmal auch noch so tief im Dreck gelegen haben, sie ist eine begehrenswerte Frau. Ich will sie haben, koste es, was es wolle.

Aus diesen Gedanken heraus fasst er sie an der Schulter und dreht sie halb herum, sodass sie zu ihm aufsehen und in die Augen blicken kann.

Es sind dunkle Augen, obwohl sein Haar und der Schnurrbart eine rotblonde Farbe haben. Und sie sieht in diese Augen hinein und erkennt darin schon vorher, was er ihr sagen wird.

»Dort, wohin ich gehe«, sagt er ruhig und ernst, »kann ich dich auch vor tausend Teufeln beschützen. Denn in diesem Land dort nennt man mich Yellowstone Pierce. Es ist mein Revier. Da würde auch eine gefährliche Bande aus dem Süden verdammt mies aussehen. Doch es würde hart für dich werden, Grünauge, verdammt hart. Ich habe nur eine Hütte in einem Canyon. Gewiss, dicht daneben ist ein Geiser, eine heiße Quelle also, die vom angestauten Dampfdruck alle halbe Stunde einen dampfenden Wasserstrahl hochstößt. Dieser Strahl füllt ein Felsbecken. Man kann selbst im härtesten Winter darin schwimmen und fühlt sich danach wunderbar gesund. Aber das ist die einzige Bequemlichkeit, die ich zu bieten habe. Sonst würdest du fast wie eine Indianerin leben müssen.«

»Einen Geiser ...?« So fragt sie.

Er nickt. »Das Wort ist isländischen Ursprungs und leitet sich von dem Verb ›geysa‹ ab, und das bedeutet soviel wie sprudeln.«

»Du bist also kein ungebildeter Bergläufer und Fallensteller?«

Sie fragt es ernst.

»Nein«, sagt er und grinst. »Die Jesuiten hatten mich einige Jahre in der Mangel. Aber als ich merkte, dass sie mich zu einem der Ihren machen wollten, riss ich aus. Ich wollte frei sein. Und ich schwöre dir, dass ich dich beschützen kann, wenn du mit mir kommst. Aber du musst es wollen. Und wir würden ein Paar sein. Ich bin kein Heiliger. Wir müssten in einer kleinen Hütte beisammenleben. Das geht nur als Paar, wenn es sich um Mann und Frau handelt. Du musst mich ein wenig wollen, damit es mehr ist als nur ein Bezahlen für Schutz. Verstehst du?«

Sie nickt langsam.

Dann wendet sie sich wieder der Reling zu.

Sie blickt den Strom abwärts in Richtung Kansas City. »Du kannst es dir noch lange überlegen«, sagt Pierce und verlässt sie.

Denn die Stimme des Kapitäns tönt nun vom Ruderhaus über das Schiff:

»Alle männlichen Passagiere müssen jetzt helfen, die Ladung zu verlagern! Wir müssen das Vorschiff entlasten und brauchen jeden Mann an Bord.«

Am zweiten Tag ihres unfreiwilligen Aufenthaltes – es ist später Nachmittag, fast schon Abend –, da sehen sie stromabwärts eine Rauchwolke über dem Big Muddy. Noch lässt die Flussbiegung ein Sichten des heraufkommenden Dampfbootes nicht zu. Nur die aufsteigende Rauchwolke ist sichtbar.

Auch Jessica Mahoun sieht vom Kabinendeck aus die Rauchwolke.

Pierce tritt zu ihr. Sie schweigen und warten.

Eine halbe Stunde später ist die River Queen dicht genug heran.

Sie ist ein kleines, schnelles Dampfboot, das keine Frachten befördert, sondern nur Post, Postgut und Passagiere.

Auch eine Anzahl Soldaten sind an Bord, die wahrscheinlich zu irgendeinem Fort transportiert werden. Die River Queen ist zwar kein Regierungsdampfer, doch die Flagge weist sie als Postschiff aus, das also bei der Regierung unter Vertrag steht.

Jessica und Pierce ziehen sich in Jessicas Kabine zurück und blicken durchs Fenster auf das Schiff, das sich nun auf gleicher Höhe mit der gestrandeten Mayflower hält, also das Heckschaufelrad nur so schnell drehen lässt, dass es von der Strömung nicht abgetrieben wird.

Durch das Sprachrohr – die Flüstertüte – ruft der Kapitän herüber: »Hoiii, Mayflower, braucht ihr noch Hilfe?«

Die Stimme des Mayflower-Kapitäns tönt sofort zurück: »Nein, River Queen! Wir kommen allein weiter. Wir sind bald wieder flott! Morgen früh fahren wir weiter! Vielen Dank, River Queen!«

Indes sie das hören, spähen Jessica und Pierce hinüber.

Die Entfernung von Schiff zu Schiff beträgt kaum mehr als eine halbe Steinwurfweite.

Drüben auf der River Queen drängen sich die Passagiere derart, dass ihr Schiff sogar Schlagseite bekommt. Pierce Damson kennt ja die Männer der Bande nicht, vor der Jessica sich so sehr fürchtet. Und auch den kleinen Shorty sah er nur strampelnd und undeutlich in der Sternen- und Mondnacht.

Dennoch glaubt er ihn unter den Passagieren drüben zu entdecken.

Neben ihm erzittert Jessica, und er weiß, dass sie die Verfolger entdeckt hat unter den etwa hundert Passagieren. Sie weicht sogar einen Schritt vom Fenster zurück, obwohl es sicher ist, dass man von drüben nicht in den dunklen Kabinenraum sehen kann. Auch haben sie die Gardine nur einen Spalt zur Seite geschoben.

Pierce legt seinen Arm um ihre Schultern.

»Nur ruhig, Rotkopf«, murmelt er. »Wenn sie dort drüben sind, dann ist das kein Grund zur Panik. Erkennst du welche? Wenn ja, dann beschreib sie mir. Es wäre gut, wenn auch ich sie wiedererkennen könnte. Also?«

Sie beginnt mit heiserer Stimme. Dann aber überschlagen sich fast ihre Worte, so schnell beginnt sie zu reden. Sie sprudelt nur so heraus: »Der Blonde dort – der neben dem Schornstein, der an einen Löwen denken lässt, das ist Jesse Slade, der Anführer. Siehst du jenen Shorty, der schon hier an Bord war? Neben Shorty steht Tom Haley. Er gleicht einem schrägäugigen Wolf auf zwei Beinen. Und ein Stück weiter, der dunkle Bursche, das ist Vance Rounds. Er ist zur Hälfte ein Yagui. Und der braunhaarige Riese ganz am Ende des Hecks, das ist Bac Longley. Sie sind die letzten Kerle einer Bande, die einst drüben in Mexiko für Benito Juarez ritt, aber bald nur noch für sich selbst Beute machte. Jeder von ihnen hat gemordet, um rauben zu können. Jeder von ihnen ist ein Teufel aus der Hölle.«

Wieder zittert sie.

Und da nimmt Pierce sie in die Arme.

»Aber ich kann dich beschützen«, flüstert er in ihr Ohr und drückt sein Gesicht in ihr volles Haar. Er wittert ihren Duft, spürt die Geschmeidigkeit ihres Körpers und verspürt Zufriedenheit, fast Glück, als er fühlt, wie sie sich an ihn schmiegt und sich schutzsuchend in seinen Armen sicher zu fühlen scheint.

Denn ihr Zittern lässt nach.

Sie lehnt ihren Oberkörper etwas zurück, sodass sie zu ihm aufblicken kann.

»Ja, ich gehe mit dir«, spricht sie. »Wir werden ein Paar sein. Ich will für dich der kostbarste Besitz auf dieser Erde sein. Töte sie, töte sie alle, wenn sie uns in dein Revier folgen sollten. Töte diese Narren, wenn sie es wagen sollten, mich dir wegzunehmen. Pierce, ich will dir das Paradies auf Erden schenken, wenn du mich beschützen kannst.«

»Das kann ich«, erwidert er schlicht.

Und sie glaubt ihm wahrhaftig in diesem Moment. Er strömt etwas aus, was sie mit dem feinen Instinkt einer erfahrenen Frau stark und deutlich spüren kann. Sie weiß plötzlich noch sicherer als zuvor, dass er ein besonderer Mann ist.

Und so ergibt sie sich ihm endlich und endgültig in dieser Stunde.

Sie setzt jetzt all ihre Chips auf ihn. Was bleibt ihr anderes übrig?

Es ist schon Nacht, als die Mayflower in Omaha an der Landebrücke längsseits geht, festmacht und die Gangway hinüberschiebt.

In der Stadt ist gewaltig viel Betrieb. Der bevorstehende Bau der Union Pacific wirkt sich hier schon aus.

Materialberge türmen sich. Wagenzüge rasten längs des Flusses. Hunderttausende von Bahnschwellen müssen den Dammbauern nachgebracht werden, damit die Schwellenleger und Brückenbauer ihre Arbeit verrichten können.

Die Landebrücke, auch die Uferstraße und die Stadt sind hell erleuchtet mit vielen Laternen und Lampen. Teerfässer brennen.

Für Pierce und Jessica ist völlig klar, dass die Bande hier in Omaha auf Jessica wartet. Denn wenn Jessica hier nicht aussteigt, kann sie nicht mehr nach Osten kommen. Weiter nach Norden und dann nach Nordwesten hinauf, da ist nur noch Indianerland.

Pierce sagt: »Wenn sie dich nicht von Bord gehen sehen, werden sie auf das Schiff kommen und sich als neue Passagiere tarnen, um nach dir zu suchen. Sie werden nach dir fragen und schnell herausbekommen, dass du noch an Bord bist. Wir müssen aussteigen. Die Mayflower hält hier nicht lange. Sie laden nur weniges Stückgut aus, noch weniger ein und übernehmen nicht mal Brennholz. Ich werde von Bord gehen und ein Kanu oder kleines Boot beschaffen. Damit komme ich auf der Flussseite längsseits. Du wirst dich mit unserem Gepäck bei den Brennholzstapeln unten auf dem Hauptdeck verstecken und zu mir ins Kanu kommen. Es ist ganz einfach. Zieh dich nur zweckmäßig an. Ich gehe.«

Er nimmt sie noch einmal in die Arme.

Und sie flüstert: »O Pierce, wie gut, dass ich dich fand, dass ich einen Beschützer fand, auf den ich mich verlassen kann.«

Er erwidert nichts.

Aber er denkt: Vielleicht wirst du mich bald in dein Geheimnis einweihen. Sonst muss ich mir einen dieser fünf Kerle schnappen, um es aus ihm herauszubekommen. Nun, wir werden sehen.

Er verlässt die Kabine und geht wenig später mit einigen anderen Passagieren von Bord. Einige von ihnen haben Gepäck bei sich, denn sie wollten nur bis Omaha. Aber dafür wollen andere Passagiere mitfahren. Die meisten Leute jedoch, die an Land gehen, wollen nur mal das Schiff verlassen und festen Boden unter den Füßen haben.

Drüben gib es einen Saloon, der sich Riverman Saloon nennt.

Dorthin streben viele, auch Pierce.

Aber er sieht sich dabei um.

Ja, er entdeckt da und dort wartende Gestalten. Sie verharren im Schutz und Lichtschatten der Schwellenstapel und des aufgetürmten Stückguts, das aus Kisten, Ballen, Fässern und Bergen besteht. Die Berge sind aufgehäuftes Holz, das sich nicht stapeln lässt. Und auch Büffelhäute sind zu Bergen aufgetürmt.

Pierce geht mit den anderen Leuten in den Saloon, aber er verlässt ihn sofort wieder durch die Hintertür, so als müsste er mal auf den Hof zu den Latrinen.

Er verlässt den Hof als gleitender Schatten.

Jetzt ist er wieder sozusagen in seinem Element. Er trägt nun auch seinen befransten Lederanzug und an den Füßen Mokassins.

Sein alter Hut hat eine vorne hochgebogene Krempe.

Er braucht nicht lange, um hinter einen Mann zu gelangen, der hinter einem Kistenstapel verborgen das Schiff und die Landebrücke beobachtet. Er ist so leise, dass er schon dicht bei dem Mann ist, als dieser irgendwie spürt, dass sich ihm Unheil nähert. Pierce schlägt rechtzeitig zu.

Dann lädt er sich den Mann auf und wandert mit ihm ein Stück flussaufwärts, hält sich dabei stets in Deckung der Brennholzstapel und -berge. Der Lichtschein reicht nicht mehr bis zu ihnen. Am Ende des Brennholzlagers liegen einige Kanus und kleine Boote an Land; manche wurden nur halb aus dem Wasser gezogen.

Pierce wirft den noch bewusstlosen Mann zu Boden, entwaffnet ihn und hockt sich neben ihm nieder. Ein größeres, mit dem Kiel nach oben gekipptes Boot gibt ihnen Deckung.

Der Mann regt sich bald, fasst sich stöhnend an den schmerzenden Kopf und will dann zu fluchen beginnen. »Pass auf«, sagt Pierce zu ihm, »ich will keinen Lärm. Sonst bekommst du wieder eine Kopfnuss.«

Der Mann schweigt einige Atemzüge. Aber sein Verstand arbeitet trotz seiner Kopfschmerzen schnell und präzise.

»Aha«, flüstert er dann. »Diese grünäugige Hexe lässt sich also von euch beschützen. Wisst ihr Narren eigentlich, warum wir sie haben wollen?«

»Ihr werdet sie nicht bekommen«, murmelt Pierce Damson. »Ihr werdet nur den Tod bekommen, wenn ihr nicht aufgebt. Ich habe dich von deinem Platz da weggeholt, um es euch klarzumachen. Folgt ihr nicht länger! Gebt auf! Denn ich beschütze sie. Ihr habt keine Chance gegen mich.«

»He, wer bist du denn? Ein Halbgott? Oha, wir hätten gegen jeden Mann auf dieser Erde eine Chance, gegen jeden, verdammt noch mal! Du spinnst wohl und bist ein wenig verrückt in deinem Kürbis. Wer bist du denn?«

Er fragt es zwar flüsternd, doch deutlich erkennbar verächtlich und höhnend.

»Was glaubst du denn, wer wir sind?« So fragt er böse weiter.

Pierce Damson zögert.

Aber er weiß, dass es im Yellowstone-Land einige Tote geben wird, wenn sie ihm und Jessica folgen. Deshalb möchte er sie wirklich eindringlich warnen. Und wenn er das getan hat, werden sie wissen, in was sie hineinrennen, sollten sie nicht aufgeben.

Und so sagt er: »Du bist Tom Haley, nicht wahr? Ich bin Pierce Damson. Man nennt mich in meinem Jagdrevier Yellowstone Pierce. Ihr findet mich irgendwo im Yellowstone-Land. Sie wird bei mir sein. Aber solltet ihr uns aufspüren, so werde ich euch töten müssen. Glaubt mir, ihr habt keine Chance. Ich habe euch also gewarnt.«

»Ich glaube, du bist ein saublöder Narr«, zischt Tom Haley und will vom Boden aufschnellen. Dabei stößt er seine Faust in Richtung von Pierces Gesicht. Aber die Faust trifft nicht. Dafür bekommt Tom Haley den Revolverkolben des Jägers quer übers Gesicht. Sein Nasenbein bricht. Doch das spürt er gar nicht mehr richtig.

Jessica kommen die Minuten wie Ewigkeiten vor.

Sie hockt auf der Backbordseite dicht bei der Reling zwischen den Brennholzstapeln und wartet. Der Fluss plätschert und gurgelt an der Bordwand – und es kommt kein Kanu mit Pierce längsseits.

Die Glocke des Schiffes läutet heftig, auch das Dampfhorn tutet. Vom Ruderhaus tönt eine Stimme zum Land hinüber: »Los, los, kommt alle an Bord! Es geht weiter! Holt die Gangway herüber! Werft die Leinen los!«

Jessica möchte aufspringen und über die Reling in den Fluss klettern.

Sie ist völlig sicher, dass die Bande an Bord kam und schon nach ihr sucht. Es kann gar nicht anders sein. Sicherlich fragten sie schon längst, ob eine schöne, grünäugige und rothaarige Frau an Bord ist.

Panik will Jessica erfassen.

Aber als sie wieder einmal den Kopf unter den Stäben der Reling hindurch über den Bordrand des Schiffes hält, da sieht sie das Kanu herantreiben. Pierce reicht ihr das Ende der Leine. Sie hält fest.

Drüben auf der anderen Seite löst sich die Mayflower von der Landebrücke. Das Schaufelrad beginnt sich zu drehen.

Pierce aber hebt den Körper eines Mannes aus dem Kanu und schiebt ihn flach unter der Reling an Bord. Dann nimmt er das wenige Gepäck und hilft auch Jessica ins Kanu herunter.

Das Kanu treibt flussabwärts.

Die Mayflower aber fährt stromauf, steuert schräg auf die Strommitte zu. Die Nacht ist hell und klar. Ein kalter Wind weht von Norden.

Das Kanu bleibt mehr und mehr zurück und nähert sich unterhalb von Omaha wieder dem Ufer. »Wenn sie alle an Bord sind und noch eine Weile nach dir suchen«, sagt Pierce, »dann können sie wohl nicht so bald wieder aussteigen. Der Fluss ist schon verdammt kalt. Mit etwas Glück bekommen wir bald ein anderes Schiff. Um diese Jahreszeit so kurz vor dem Winter kommen noch viele Schiffe dicht hintereinander. Denn bald ist es aus mit der Schifffahrt auf dem Oberen Big Muddy!«

6

Sie haben Glück. Schon am nächsten Vormittag kommt ein schnelles Dampfboot mit eiligen Post- und Expressgütern. Es ist die Mary Ann, und sie gehen an Bord und bekommen eine winzige Kabine, die gerade frei wird.

Jessica schmiegt sich in Pierces Arme.

Es ist mehr als Dankbarkeit. Vielleicht ist es so etwas wie Liebe.

Denn er ist der Mann, von dem sie sich beschützt fühlt. Immer wieder wird sie sich bewusst, dass die Bande sie längst schon in der Gewalt hätte, würde es Pierce Damson nicht geben.

Bevor sie an Bord der Mary Ann gingen, dachte sie daran, geradewegs nach Osten zu reisen. Sie hätte mit der Postkutsche schon bald eine Eisenbahnlinie erreicht. Von Osten her nähert sich ein Schienenstrang Omaha. Auf diesem Weg wird das Material herbeigeschafft. Aber Pierce Damson sagte zu ihr: »Genau das wird die Bande vermuten. Du kannst sicher sein, dass sie nicht lange an Bord der Mayflower bleiben, sondern zurück nach Omaha kommen, um von hier deine Fährte nach Osten aufzunehmen. Die können sich nicht vorstellen, dass du in die Wildnis flüchtest.«

Pierce log mit diesen Worten, aber das wusste sie nicht. Pierce sagte ihr nichts davon, dass er Tom Haley sagte, wo er zu finden sei und dass es ihrer aller Tod wäre, wenn sie ihm und Jessica folgen sollten. Nein, er sagt es ihr nicht.

Denn er möchte zu gerne mit ihr allein einen langen Winter in einer kleinen Hütte in den Bergen verbringen. Er möchte zu gerne jeden Tag nackt mit ihr in dem warmen Geiser dicht bei seiner Hütte baden.

Dann und wann hatte Pierce schon mal hübsche Indianerinnen bei sich in solchen langen Wintern.

Diesmal aber wird es besonders schön werden.

Vielleicht glaubt auch Jessica das. Aber ganz gewiss glaubt sie, auf diese Art ihre Fährte für immer verwischen zu können.

Sie holen die Mayflower schon zwei Tage später ein.

Aber die fünf gefährlichen Kerle der Bande sind an Bord nicht zu sehen, obwohl sicherlich alle Passagiere beider Schiffe an Deck stehen und sich gegenseitig zuwinken, dankbar für die Unterbrechung der Eintönigkeit.

Pierce grinst in Gedanken.

Wenn sie von Bord gingen irgendwo schon bald, dann hat Tom Haley mir nicht geglaubt, denkt er. Dann wird er erst dann wieder an das, was ich ihm sagte, zu glauben beginnen, wenn sie in Richtung Osten keine Fährte von Jessica aufnehmen können und erfahren, dass wir auf die Mary Ann gingen. Wir haben nun einen ziemlichen Vorsprung, und Jessica tut mir gut. Heiliger Rauch, was für eine Frau habe ich da gefunden! Aber jetzt wird es wohl langsam Zeit, dass sie mir endlich sagt, warum die Bande hinter ihr her ist. Ja, so langsam muss ich auch dieses Geheimnis erfahren. Verdammt, warum sagt sie es mir nicht von selbst? Wie lange soll ich noch auf das allerletzte Vertrauen warten?

Er legt den langen Arm um sie. Es ist eine besitzergreifende Bewegung.

Aber sie lehnt sich sofort mit ihrem geschmeidigen Körper an ihn.

Ja, sie sind ein Paar geworden.

Und er weiß, dass es ihr gefällt.

Das tut seinem Stolz gut.

Denn ihre Dankbarkeit hätte ihm nicht genügt.

Die Nächte bleiben hell und klar, wenn auch kalt. Die Mary Ann bleibt Tag und Nacht in Fahrt. Nur einmal legen sie an einem Holzplatz an, um Feuerholz zu übernehmen. Da aber auch die männlichen Passagiere mithelfen, dauert das nur dreieinhalb Stunden. Dann dampft die Mary Ann weiter gegen die Strömung an.

Die Jahreszeit ist günstig. Denn der Big Muddy führt kein Hochwasser. Das bedeutet wenig Gefahr durch schwimmende Hindernisse. Deshalb können sie auch in den hellen Nächten fahren.

Die meisten Passagiere wollen bis Fort Benton und von dort ins Goldland von Montana. Von Fort Benton gehen Postkutschen nach Sun River und Fort Shaw, nach Blackfoot, Diamond City, Deer Lodge, Bozeman, Virginia City und Last Chance City.

Auch die meiste Fracht der Mary Ann ist dorthin bestimmt.

Als sie Fort Sully erreichen, kommen ein paar Soldaten an Bord, die nach Fort Lincoln weiter wollen. Und nichts passiert in diesen Tagen und Nächten, indes die Mary Ann mit einer Geschwindigkeit von sechs Meilen die Stunde stetig stromauf dampft. Pierce Damson spürt, wie Jessica in diesen Tagen und Nächten innerlich ihre lauernde Angespanntheit verliert. Ihr Blick richtet sich nicht mehr so oft stromabwärts.

Wahrscheinlich wird sie sich mehr und mehr der grenzenlosen Weite des Landes bewusst. Wer soll sie jetzt noch finden?

Vom Rio Grande her legte sie in den letzten Wochen einen gewaltig langen Weg zurück, und bis Omaha konnte Jesse Slade mit seiner Bande ihrer Fährte folgen.

Doch jetzt ist alles anders.

So glaubt sie.

Wenn sie dort von Bord gehen, wo es keine Menschen gibt, die sich an die außergewöhnlich schöne und reizvolle Frau erinnern, dann verliert sich ihre Fährte.

Und das Land ist zu groß und zu gewaltig, um sie darin zu finden. Da wäre es leichter, eine Nähnadel im Heuhaufen zu finden.

Dies alles sagt ihr in diesen Tagen und Nächten wahrscheinlich immer wieder ihr Verstand.

Pierce Damson beobachtet sie, und er lauscht dabei auch auf seinen feinen Instinkt. Er beginnt zu ahnen, wie sich Jessicas Fühlen und Denken allmählich wieder zu verändern beginnt.

Und eines Morgens, als sie an der Reling stehen und sich vom kalten Wind umwehen lassen, da sagt sie: »Pierce, wie wäre es, wenn du mich nach

Montana und über die Bitter Roots zur Westküste bringst? In Seattle oder Vancouver – ich weiß nicht, was leichter zu erreichen ist – müsste ich doch ein Seeschiff erreichen können, nicht wahr?«

»Und dann?« Er fragt es ein wenig rau.

Sie sieht lächelnd zu ihm empor.

»Oh, Pierce«, spricht sie, »wir sind doch vernünftige Menschen, nicht wahr? Du bist ein prächtiger Mann, ein Bursche, wie ich noch niemals einen kannte. Und ich kannte viele, das weißt du. Es ist schön in deinen Armen. Ich werde mich ewig bis an mein Lebensende daran erinnern. Bevor ich dich traf, hatte ich genug von den Männern, völlig genug, sozusagen bis in die Steinzeit und zurück. Du hast mir etwas wiedergegeben, was ich längst schon verloren glaubte, die Freude nämlich, Zärtlichkeit zu geben und zu empfangen. In meinem Kern brach etwas auf, was ich für immer verschlossen glaubte. Ich begann wieder zu leben, was gute, weiche, zärtliche und warmherzige Gefühle betrifft. Dafür danke ich dir. Aber sonst sind unsere Wünsche verschieden. Ich will die weite Welt sehen. Verstehst du? Ich könnte mich nur in Todesnot mit dir in einsamer Wildnis verkriechen, nur wenn es ums Überleben ginge. Jetzt aber sieht es für mich so aus, als wäre ich entkommen und …«

»Noch lange nicht«, unterbricht er sie. »Glaub mir, Jessica, noch lange nicht. Auf diesem Strom und in dem Land zu beiden Seiten, da bleibt nichts verborgen. Du vergisst, dass du eine schöne Frau bist, wie es keine zweite auf tausend und noch mehr Meilen in der Runde gibt. Wer immer dich auch nur einmal kurz sieht, wird sich an dich erinnern. Und man wird auch wissen, dass ich, Yellowstone Pierce, bei dir bin. Wir kommen jetzt in Gegenden, wo man mich schon kennt.«

»Aber wenn wir über die Bitter Roots zur Westküste ...«, beginnt sie und sieht ihn dabei bittend an.

Er schüttelt den Kopf.

»Bis wir dort wären«, sagt er, »sind alle Pässe voll Schnee. Wir kämen wahrscheinlich nicht hinüber – oder wir müssten in den Bergen überwintern, vielleicht in einer Höhle und unter primitivsten Bedingungen. Nein, Jessica. Es geht nicht. Und selbst wenn wir in die wilden Campstädte der Goldfundgebiete gingen, würden sie uns dort wahrscheinlich noch leichter aufspüren als in der einsamen Wildnis. Ich habe dir gesagt, dass ich dich beschützen kann. Also lass sie doch kommen.«

Sie sieht ihn überrascht an.

Jetzt erst beginnt sie zu begreifen, zu was er bereit ist.

Es erscheint ihr ungeheuerlich, und so sagt sie aus diesem Gefühl heraus langsam:

»Pierce, ich glaube, du unterschätzt diese Bande. Ich glaube jetzt, dass du sie in dein Jagdrevier locken möchtest, um sie dort Mann für Mann zu erledigen. Ja, das glaube ich. Und ich soll nicht nur für dich die Belohnung, sondern zugleich auch der Köder sein. Ist es so? Willst du dieses Spiel beginnen?«

Er nickt langsam.

»Wenn sie so gefährlich sind, wie du glaubst, dann kannst du ihnen nicht entkommen. Dann muss ich sie Mann für Mann töten. Aber willst du mir nicht endlich sagen, was sie so beharrlich nach dir jagen lässt? Es muss ein ganz besonderer Grund sein, dass sie nicht aufgeben können. Wann endlich weihst du mich in dein Geheimnis ein? Ich habe noch nicht in deine Reisetasche gesehen, aber ich ahne längst, dass da etwas sehr Kostbares drin sein muss. Aber was kann es sein? Was ist bei aller Kleinheit so wertvoll, dass du dir erlauben könntest, die weite Welt zu bereisen? Warum hast du Geheimnisse vor mir, die ich leicht lösen könnte, würde ich in deine Tasche sehen?«

Sie sieht ihn mit ihren grünen Katzenaugen überrascht an. Er kann den Puls in ihren feinen Adern am Hals schlagen sehen. Dieser Puls geht heftig.

Er kann in ihren Augen Überraschung, Zorn, Sorge – ja fast so etwas wie Panik – und dann letztlich doch Einsicht und Verständnis erkennen. Der Ausdruck dieser Augen wechselt schnell.

Dann nickt sie.

»Ja, du hast sicherlich ein Recht darauf, dass ich keine Geheimnisse vor dir habe«, murmelt sie. »Doch du musst mich verstehen. Ich wurde einmal als junges Ding von einem Mann, den ich liebte, für tausend Dollar verkauft. Und danach machte ich nur noch bittere Erfahrungen mit Männern. Du bist der erste Mann, den ich für fair halte, für gut, ritterlich – für einen Mann, der nicht schlecht sein kann zu einer Frau, die ihm gehörte in langen Nächten. Komm, ich will es dir zeigen.«

Sie geht in die Kabine hinein.

Er folgt ihr und schließt die Tür hinter sich.

Sie aber zieht die Vorhänge zu, sodass draußen von Deck niemand zu ihnen hereinsehen kann.

Dann stellt sie die Reisetasche aufs Bett und holt aus dem tiefsten Grunde dieser Tasche das kleine Bündel hervor, das nur wenig größer ist als zwei Männerfäuste.

Sie öffnet die Knoten des Bündels und breitet das einstige Halstuch aus.

Im Halbdunkel kann er die Kostbarkeiten schimmern sehen. Er tritt hinzu und nimmt ein paar Dinge in seine Hände. Ringe, Armbänder, Halsketten, Broschen.

Noch niemals sah er solch kostbare Schätze.

Jetzt hält er sie sogar zwischen seinen leicht vibrierenden Fingern.

»Das muss einst Fürsten und Königen gehört haben«, spricht er dann staunend.

»Spanischen Hidalgos, die einst nach Mexiko kamen, um dort wie Fürsten und Könige zu leben«, nickt sie. »Später dann Franzosen und der adeligen Begleitung von Kaiser Maximilian, den Juarez erschießen ließ. Es kamen viele Kostbarkeiten aus der Alten Welt mit all den Hochwohlgeborenen nach Mexiko. Jesse Slade und dessen Bande gaben zuerst vor, für Juarez zu kämpfen, ihm zu helfen, Maximilian zu stürzen und die Franzosen aus dem Land zu jagen. Aber das taten sie nur am Anfang. Später raubten und plünderten sie nur noch. Sie suchten sich die reichsten Haziendas aus. Dort war viel zu holen. Das da ist ihre Beute. Ich stahl sie ihnen am Rio Grande, und wäre ich nicht nach Saint Louis gereist, um den Mann zu töten, der mir Böses antat, so wäre ich ihnen wahrscheinlich entkommen.«

»Das glaube ich nicht«, murmelt Pierce Damson und lässt die kostbaren Schmuckstücke zu den anderen zurückfallen, so als wären sie plötzlich glühend heiß geworden und er hätte sich die Finger verbrannt.

»Oh, du lieber Vater im Himmel«, murmelt er, »jetzt ist mir alles ...«

»Gibt es den?« So fragt Jessica hart. »Gibt es einen guten Vater im Himmel? Glaubst du daran, Pierce? Ich nicht! Pass auf, ich will es dir erklären. Diese Kostbarkeiten wurden Besitzern geraubt, die ich nicht kenne. Ich könnte sie also beim besten Willen nicht zurückgeben. Und überdies meine ich, dass ich gewissermaßen einen Anspruch darauf habe, weil die Menschen so mies zu mir waren, weil ich so tief im Dreck saß. Da muss es doch irgendwann einmal einen Ausgleich geben, nicht wahr?«

Er nickt langsam.

Dann setzt er sich auf den Bettrand.

»Und wie kamst du dazu, der Bande die Beute zu stehlen? Sie mussten dir doch voll vertraut haben – oder? Du musst doch wohl zu ihnen gehört haben, nicht wahr?«

Sie nickt langsam und setzt sich neben ihn auf den Bettrand.

Nur zwei Schritte vor ihnen liegt der Schatz auf dem Tisch in Augenhöhe.

Im Halbdunkel, verursacht durch die zugezogenen Vorhänge, sehen sie es dennoch blinken und funkeln. Und die Perlenkette schimmert matt.

Sie hat die Hände gefaltet auf dem Schoß liegen.

»Ja, ich gehörte zuletzt zu ihnen«, spricht sie leise, »doch was blieb mir anderes übrig? Ich ritt mit ihnen. Und Jesse Slade beschützte mich. Er war der Anführer. Und ihm gehörte ich. Verdammt, ich habe immer irgendeinem Mann gehört. Das fing an, als John Tillburn mich in Saint Louis an einen Schiffseigner verkaufte. Tillburns Saloon war damals noch eine miese Spelunke, und selbst die hätte er fast beim Poker verloren, weil er nichts mehr einzusetzen hatte. Der Schiffseigner hätte ihn einfach aus dem Spiel geboten. Aber er wollte mich. Und so verkaufte mich John Tillburn für tausend Dollar und gewann das Spiel. Ich aber musste mit an Bord eines Schmuggelschiffes, das von New Orleans aus die Konföderierten versorgte. Später verkaufte mich der Schiffseigner nach Mexiko an einen Geschäftspartner. Und damit begann mein Weg erst richtig. Denn wer mein jeweiliger Besitzer auch war, er machte stets irgendwelche schmutzigen Geschäfte. Und jeder der Männer wollte mich. Mein Preis für den jeweiligen Interessenten wurde immer höher. Zuletzt zahlte ein reicher Hidalgo zehntausend Silberpesos für mich. Und so kam ich auf jene Hazienda, von der mich dann Jesse Slade und dessen Banditen mitnahmen, nachdem sie meinen bisherigen Besitzer und dessen Männer töteten. Sie nahmen auch dort den Schmuck mit, den ich sogar tragen durfte, obwohl ich nur eine gekaufte Puta war. Ich ritt mit der Bande – und als wir schließlich den Rio Grande durchfurtet hatten, da bestahl ich sie, jawohl! Verdammt, ich habe einen Anspruch darauf! Das Leben – oder das Schicksal – ist mir etwas schuldig.«

Sie hat nun alles gesagt.

Pierce Damson versteht sie sehr gut.

Und so nickt er und murmelt: »Ja, so ist es wohl. Deine Wege waren rau und bitter. Das Schicksal ist dir etwas schuldig. Und die Welt ist oftmals böse und gnadenlos zu den Pechvögeln. Aber jetzt bist du mit mir zusammen. Jetzt ist alles anders. Komm mit mir in die Einsamkeit des Yellowstone-Landes. Verbring mit mir den Winter. Wenn die Banditen uns folgen, werde ich sie töten – wenn nicht, dann werden sie bis zum Frühjahr unsere Fährte verloren haben. Dann bringe ich dich zu einem Seehafen an der Westküste.«

Sie sieht ihn an und zögert. Vielleicht hätte sie den Kopf geschüttelt.

Aber dann tönt draußen ein Ruf. »Dampfboot achteraus!«

Jessica erhebt sich schnell, knotet alles wieder zu einem kleinen Bündel zusammen und versenkt es unter allen anderen Habseligkeiten in ihrer Reisetasche.

Dann folgt sie Pierce hinaus, und sie reihen sich auf dem Achterschiff in die Gruppe der anderen Passagiere ein, die achteraus den Strom abwärts blicken.

Ja, dort ist nicht nur eine Rauchfahne zu sehen, nein, darunter ist auch das Schiff zu erkennen.

Von dort tönt die Stimme des Kapitäns: »Das ist die Royal Mary! Der verdammte Donovan dort an Bord hat mir schon im vergangenen Jahr das Geschäft verdorben! Aber dieses Jahr schafft er das nicht! Denn ich habe jetzt neue Kessel! Diesmal muss ich mich nicht davor fürchten, dass sie platzen! Hoiii, Maschine!«

Die letzten zwei Worte ruft er offenbar in den Sprachschlauch nach unten.

Sofort erhält er durch diesen Schlauch Antwort nach oben.

Denn er brüllt nun wieder: »Ihr verdammten Stoker dort unten, macht der Lady Dampf unterm Hintern! Erhöht den Druck in euren Kaffeekesseln! Verdammt, ich will jetzt ein Rennen gewinnen! Hoiii, macht der Mary Ann Dampf unterm Hintern!«

Eine Stunde später hat die Royal Mary die Mary Ann eingeholt. Denn das Dampfmachen geht nicht so schnell.

Die beiden Schiffe fahren nun fast nebeneinander, doch die Mary Ann hat die Nase noch ein halbes Dutzend Yards vorne.

Deshalb erreicht sie nun auch zuerst eine Verengung der Fahrrinne. Sie hält stur darauf zu und riskiert eine Havarie, wenn der andere Kapitän ebenso stur den Kurs beibehalten sollte.

Doch das tut die Royal Mary letztlich doch nicht. Sie bleibt zurück und folgt im Kielwasser.

Und die Passagiere beider Schiffe brüllen, heulen,

jubeln oder schimpfen, ja nachdem, ob sie auf dem ersten oder zweiten Schiff sind.

Der Bootsmann kommt zu den Passagieren auf dem Achterschiff und sagt grinsend:

»Es hilft uns sehr, wenn Sie hier alle stehen. Da liegt das Heckschaufelrad noch etwas tiefer und hat besseren Widerstand und deshalb auch mehr Schubkraft. Wir schlagen die Royal Mary dieses Jahr.«

»Und warum das Wettrennen?« Jemand fragt es. Der Bootsmann lacht leise.

»Ach, das ist ein persönliches Duell unserer Kapitäne. Das machen die immer, wenn sie um diese Jahreszeit den letzten Schnaps ins Goldland fahren, bevor der Winter jede Schifffahrt unmöglich macht. Das machen die immer. Doch dieses Jahr haben wir neue und bessere Kessel. Wenn unsere Heizer und Maschinisten nicht zu feige sind und keine Angst haben, dass wir in die Luft fliegen, dann gewinnen wir dieses Jahr und verkaufen unsere Schnapsladung zu höheren Preisen, hahahaha!«

Pierce Damson und Jessica hören das alles nur so nebenbei.

Denn sie haben sich auf etwas anderes konzentriert. Unter den Passagieren auf der Royal Mary entdecken sie Jesse Slade und die anderen Kerle der Bande.

Jesse Slade winkte sogar herüber, als die beiden Schiffe fast auf gleicher Höhe nebeneinander fuhren.

Jessica wendet sich ab und geht zu ihrer Kabine zurück.

Pierce folgt ihr.

Und sie sagt zu ihm: »Ja, ich folge dir in die Einsamkeit. Doch wenn sie uns dort aufspüren und du sie nicht Mann für Mann töten kannst, dann werden sie Schlimmes und Böses mit mir anstellen. Dann werde ich hier auf Erden schon in der Hölle schmoren.«

7

Als sie durch die Stromenge sind, versucht die Royal Mary wieder aufzuholen. Doch die Kessel der Mary Ann sind nun dicht vor dem Platzen. Der Druck dreht das Schaufelrad schneller als sonst.

Die Mary Ann gewinnt langsam ein wenig Vorsprung.

Pierce sagt zu Jessica: »Jetzt wird es drauf ankommen, welche Kessel besser halten. Alles ist jetzt nur noch eine Sache des Kesseldrucks. Die Maschinisten haben die Sicherheitsventile außer Funktion gesetzt. Die feuern jetzt auf Teufelkommraus! Und bald haben wir Nacht. Wenn die Nacht auch noch schwarz wird, fahren wir blind den Strom hinauf. Die sind verrückt. Ich habe gehört, dass sie sich schon jahrelang solche Rennen liefern. Die sind verrückt.«

Jessica aber schüttelt den Kopf, als wollte sie damit sagen, dass ihr dies alles völlig gleich ist.

Sie sagt plötzlich schrill: »Sie sind schon wieder dicht auf unserer Fährte! Oh, Pierce, ich kann ihnen wirklich nicht entkommen! Du musst sie töten, töten, töten!«

Er sieht in ihre Augen und erkennt darin die verzweifelte Panik.

Und wieder wie schon so oft in den letzten Tagen, legt er den Arm um ihre Schultern, gibt ihr das Gefühl von Geborgenheit und Beschütztsein.

»Hab keine Angst«, sagt er.

Nun, das Rennen der beiden Dampfboote dauert den Rest des Tages und die halbe Nacht. Es wird zum Glück eine halbwegs helle Nacht, sodass die Gefahr nicht ganz so groß ist.

Denn eines ist sicher: Beide Kapitäne haben sich so sehr in das Rennen verbissen, dass sie auch in finsterster Nacht nicht angehalten hätten. Sie wären weiter mit Volldampf den Strom hinaufgestürmt, als ginge es um ihr Leben.

Schon zu oft trugen sie in den vergangenen Jahren diesen Wettkampf aus. Schon zu oft gewann Donovan mit der Royal Mary – und schon zu oft verlor die Mary Ann.

Nun will Finnegan – so heißt der Kapitän der Mary Ann – endlich einmal gewinnen. Und Donovan will nicht zum ersten Mal verlieren.

Und so geht es um Sein oder Nichtsein gewissermaßen.

Selbst die Passagiere – und natürlich auch die Besatzung – sind angesteckt von dem Wettkampf. Kaum jemand denkt an die Gefahr.

Gegen Mitternacht beginnt die Royal Mary langsam aufzuholen. Sie muss den Dampfdruck noch einmal erhöht haben. Die Heizer und Maschinisten gingen dabei gewiss ein gewaltiges Risiko ein.

Aber vielleicht versprach ihnen Kapitän Donovan eine hohe Prämie.

Und so fordern sie den Teufel heraus.

Die Royal Mary schiebt sich in der nächsten Stunde näher und näher und macht sich dann daran, die Mary Ann zu überholen.

Finnegan fordert immer wieder mehr Dampf.

Doch der Erste Maschinist brüllt stets durch den Sprachschlauch zurück, dass Finnegan doch selbst herunterkommen und die Kessel heizen solle, wenn er in die Luft und gleich in die Höhe fliegen wolle.

Die Royal Mary kommt auf Backbordseite nun fast schon auf gleiche Höhe mit der Mary Ann. Der Strom ist hier breit genug, um beiden Schiffen genügend Raum zu lassen.

Der Abstand zwischen den Schiffen von Bord zu Bord beträgt kaum mehr als ein Dutzend Yards. Aus den Schornsteinen fliegen Funken.

Passagiere und Besatzungen brüllen, johlen, winken, schütteln drohend die Fäuste. Es gibt nur noch zwei Parteien. Sie alle sind angesteckt, befinden sich wie in einem Rausch.

Und da passiert es.

Zum Glück ist es der Backbordkessel, der auf der Royal Mary in die Luft fliegt, einfach platzt wie eine zu pralle Schweinsblase.

Alle Passagiere und die Besatzung befinden sich auf der Steuerbordseite, die der Mary Ann zugewandt ist.

Und so werden sie nicht mit in die Luft geblasen, bekommen auch nicht den heißen Dampf und das kochende Wasser mit.

Die Royal Mary bleibt sofort zurück. Die Strömung drückt sie herum, und man kann noch sehen, wie sie auf einer Untiefe strandet.

Dann biegt die Mary Ann um einen Flussbogen.

An Bord jubeln und johlen sie.

Denn sie haben gewonnen. Sie alle haben gewonnen, denn sie alle identifizierten sich zuletzt mit der Mary Ann. Es war »ihr« Schiff, weil sie auf ihm fahren. Und so wurde es auch ihr gemeinsames Erfolgserlebnis.

»So sind die Menschen«, murmelt Yellowstone Pierce zu Jessica.

»Wem sagst du das«, erwidert sie bitter. »He, wem sagst du das? Und ich wette, wir helfen der gestrandeten Royal Mary nicht. Sie muss doch zumindest Verletzte an Bord haben, vielleicht sogar Tote. Und wir helfen ihr nicht?«

»Nein«, erwidert Pierce. »Denn die Royal Navy hat verloren, und die Verlierer zählen nicht mehr. Donovan und Finnegan sind Feinde. Donovan hat verloren. Wenn Donovan Glück hat mit seiner Royal Mary, dann kommt bald ein anderes Dampfboot und hilft ihm. Es wird ihn vielleicht abschleppen. Doch das muss er dann teuer bezahlen. Sonst wird er mit seiner Ladung überwintern müssen. Und der Eisgang im Frühjahr wird die Royal Mary erledigen. Seine Passagiere können mit Booten oder Flößen stromabwärts bis zum nächsten Ort oder Holzplatz fahren. Der Verlierer bekommt auf dem Big Muddy nichts geschenkt.«

Er macht eine kleine Pause. Und wieder hat er den Arm um Jessicas Schultern gelegt. Als er wieder zu sprechen beginnt, klingt seine Stimme härter.

Er sagt: »Und im Yellowstone-Land gibt es noch weniger Schonung als auf dem Big Muddy. Nur das Überleben zählt. Die Schwachen gehen unter.

Doch ich bin kein Schwacher. Uns wird es nicht schlecht gehen. Wir haben jetzt eine ganze Menge Vorsprung.«

»Sie werden uns mit dem nächsten Schiff folgen«, widerspricht Jessica. »Und wenn das schon in wenigen Stunden kommen sollte, dann ist unser Vorsprung gar nicht so groß.«

»Paaah, uns genügt eine halbe Stunde«, sagt er.

Weitere Tage und Nächte reihen sich aneinander.

Die Mary Ann fährt wieder ganz normal mit etwa sechs Meilen die Stunde stromauf. Und irgendwann an einem Nachmittag, da erreicht die Mary Ann endlich die Landebrücke von Fort Buford.

Bis zur Yellowstonemündung sind es nur noch knapp zwei Meilen auf dem Fluss und weniger auf dem Landweg. Pierce und Jessica gehen mit ihrem wenigen Gepäck an Land und wandern geradewegs zur Siedlung hinüber, die im wesentlichen aus der großen Handelsniederlassung mit Store, einem Saloon und einigen weiteren Häusern und Hütten besteht. Corrals vervollständigen alles.

Pierce und Jessica marschieren geradewegs ins Büro des Handelsagenten der Company, und dieser springt sofort hinter dem Schreibtisch auf und staunt Jessica an. Dann sagt er zu Pierce: »Sehe ich richtig, Pierce? Hast du dir diese Lady aus Saint Louis mitgebracht?«

»Du siehst richtig, Pasco Davenport, du siehst richtig. Mach alles fertig, denn wir haben es eilig. Wir nehmen jeder zwei Packpferde.«

Er wendet sich an Jessica. »Du kannst doch reiten?«

»Es wird Zeit, dass du mich das fragst«, erwidert sie lächelnd. »Aber ich bin durch halb Mexiko geritten. Also werde ich auch durchs Yellowstone-Land reiten können, oder?«

»Sicher.« Er grinst.

Dann sieht er den Agenten wieder an.

»Also, sechs Pferde, davon vier Packtiere. Du weißt ja, was man braucht zum Überwintern mit einer Lady. Na, bring endlich deine Leute in Trab. Wir haben es eilig.«

»Und wer ist hinter euch her?«

Pasco Davenport, der Handelsagent, fragt es eigentlich nur aus Spaß.

Doch dann sieht er Pierce Damson an, dass es kein Spaß ist.

Überdies erwidert Pierce: »Ja, da sind ein paar üble Burschen hinter uns her. Sie werden dich bald nach uns fragen kommen. Schon wenn das nächste Schiff anlegt. Sag ihnen ruhig, wohin wir reiten – oh, sag es ihnen nur.«

Der Agent starrt Pierce an. Dann sieht er auf Jessica und leckt sich über die Lippen, so als wären diese plötzlich trocken geworden.

Dann sagt er: »Lady, Sie sollten sich keine Sorgen machen. Die Kerle tun mir, wenn sie euch in Pierces Revier folgen sollten, schon jetzt leid. Die sind verloren. Viel Glück, Pierce. In einer Stunde ist alles fertig. Soll ich anschreiben oder kannst du zahlen?«

»Ich zahle.« Wieder grinst Pierce. »Ich hatte in Saint Louis zuletzt einen fetten Pokertopf. Ich kann zahlen.

Du brauchst nicht bis zum Frühjahr zu warten, wenn ich dir die schönsten Pelze des Yellowstone-Landes bringe. Ich kann zahlen.«

Da staunt der Händler noch mehr. Er hebt sogar beide Hände, so als wollte er einem sehr großen und erfolgreichen Mann nach Indianerart huldigen. Und er sagt:

»Heiliger Rauch, du fährst nach Saint Louis den Strom hinunter, um dich mal so richtig zu amüsieren – und du kommst nicht blank zurück, sondern mit einem Haufen Geld und der schönsten Lady, die ich jemals sah. Das ist ein Wunder, ein kolossales Wunder. Ob ich auch mal nach Saint Louis fahren soll?«

Er lacht schallend.

Auch Pierce lacht.

Nur Jessica lächelt etwas gequält.

Denn es sind Furcht und Sorge in ihr.

Sie wird sich jetzt auch endgültig darüber klar, was ihr bevorsteht.

Noch einmal möchte sie den Versuch machen, nach einem Ausweg zu suchen. Doch der einzige Weg wäre der weiter nach Nordosten ins Goldland – und dann über die Berge an die Westküste zu einem Seehafen. Nur auf einem Seeschiff könnte sie entkommen – wenn, ja wenn sie unterwegs nicht eingeholt würde.

Und wenn die Pässe über die Berge voll Schnee sind ...

Sie gibt den Gedanken auf.

Und sie denkt: Also werde ich mit Pierce einige

Monate lang in der Wildnis in einer Hütte leben müssen. Hoffentlich stimmt es wirklich, dass man daneben im warmen Wasser eines Geisers baden kann – denn das wird dann mein einziger Luxus sein. Verdammt, ich habe diese Banditen am Rio Grande reingelegt, um reich zu werden und mir alle Wünsche einer reichen Lady erfüllen zu können. Und jetzt muss ich mit einem Trapper und Fallensteller in die Berge, mich verkriechen vor fünf erbarmungslosen Mördern. Und wenn Pierce sie nicht erledigen kann, wenn sie mich erwischen, dann ...

Sie denkt nicht weiter.

Denn sie weiß, dass ihre Vorstellungskraft nicht ausreicht, sich auszudenken, was alles sie mit ihr tun werden.

Sie reiten dem sterbenden Tag nach.

Es ist kalt geworden, noch kälter als zuvor. Die Luft riecht nach Schnee. Der Winter muss nun schon sehr nahe sein. Jessica trägt jetzt Hosen wie ein Mann, Stiefel und einen Fellmantel mit Kapuze. Sie sitzt auf einem zähen Wallach und zieht zwei Packtiere an der Leine mit.

In ihr ist Bitterkeit.

Wann endlich habe ich mal Glück in diesem beschissenen Leben, denkt sie bitter.

Und selbst der Schatz in ihrer linken Satteltasche kann sie nicht mehr trösten.

Denn was nützen ihr all diese kostbaren Dinge in der Wildnis!

Sie reiten die ganze Nacht.

Auf dem Schiff haben sie sich lange genug ausgeruht und bekamen nur wenig Bewegung.

Das Reiten tut ihr die ersten Stunden gut. Erst in der zweiten Nachthälfte wird es ihr allmählich mühsam.

Einmal fragt sie, als sie für eine Weile anhalten, um die Tiere verschnaufen zu lassen: »Und wie lange müssen wir so reiten? Wie weit ist es in dein Revier?«

»Vierhundert Meilen etwa«, erwidert er.

Und da erschrickt sie.

»*Vierhundert* Meilen?« So fragt sie ungläubig.

»Sicher«, erwidert er. »Aber was sind in diesem Land schon vierhundert Meilen? Die Indianer der Hochprärie zum Beispiel, die Sioux und Arapaho, die müssen manchmal tausend Meilen weit ziehen, um Zeltstangen für ihre Tipis zu bekommen. Vierhundert Meilen sind nicht viel. Und wenn ich all meine Fallen aufgestellt habe und diese Fallen dann ständig kontrollieren will, dann muss ich oftmals fünfzig Meilen reiten – oder im Schnee auf Schneeschuhen gehen – Jessica, du musst umdenken.«

Sie sagt nichts mehr.

Aber tief in ihrem Kern wird sie ein wenig ruhiger.

Denn sie sagt sich, dass Jesse Slade und dessen Banditen es wahrscheinlich doch sehr schwer haben werden, sie zu finden.

Am nächsten Morgen rasten sie auf einer Bergterrasse jenseits einer weiten Ebene. Es ist immer noch kalt. Doch der scharfe Wind weht nicht mehr. Die aufsteigende Sonne wird nur wenig wärmer.

Weil der Wind nicht mehr weht und der Himmel klar wurde, riecht es auch nicht mehr nach Schnee.

Sie versorgen die Pferde, machen ein Feuer an und kochen sich eine kräftige Mahlzeit.

Danach schläft Jessica unter warmen Decken schnell ein. Als sie erwacht, ist es Mittag.

Und immer noch nicht denkt Pierce an einen Aufbruch. Die Pferde haben sich längst wieder erholt.

Doch Pierce blickt immer wieder über die weite Ebene auf ihrer Fährte zurück. Es ist dann später Nachmittag, als weit drüben aus den Hügeln einige Reiter auftauchen.

Es sind sechs.

Pierces Augen werden schmal. Er holt ein Fernglas aus dem Gepäck und blickt hindurch.

»Sind sie es?« So fragt Jessica heiser.

»Ja, sie sind es, und sie müssen verdammt schnell ein nachfolgendes Schiff bekommen haben, auf welches sie von der Royal Mary übersteigen konnten. Sie sind uns verdammt schnell gefolgt. Und sie haben Blue Rock bei sich.«

»Wer ist Blue Rock?«

»Ein versoffener Crow-Indianer«, erwidert Pierce. »Aber außer Feuerwasser vertilgen kann er noch etwas gut, nämlich Fährten verfolgen. Diese Banditen sind wirklich tüchtig. Sie haben es auf Anhieb geschafft, sich den besten Fährtenleser der Gegend zu verpflichten. Dieser Blue Rock ist ein Narr. Er muss betrunken gewesen sein. Denn er kennt mich und weiß, dass ich ihn zuerst abschießen muss. Hoffentlich kommt er zu Verstand, wenn er nüchtern ist. Doch wenn sie ihn betrunken halten ...«

Er verstummt bitter.

Jessica sagt nichts mehr.

Doch sie weiß, dass nun bald das Töten beginnen wird. Es kann gar nicht anders sein.

Wie wollen sie sonst entkommen?

8

Noch vor Anbruch der Nacht reiten sie weiter. Sie sind ausgeruht. Auch die Tiere traben willig.

Als dann Mond und Sterne silbernes Licht auf die Erde werfen, bekommen sie von den Hügeln aus freie Sicht auf den Yellowstone River.

Breit und ruhig wirkt der Fluss.

Aber sie folgen ihm nicht. Er macht zu viele Windungen, die sie in gerader Linie abkürzen können. Sie bleiben die ganze Nacht im Sattel. Am frühen Morgen – die Nebel steigen noch – erreichen sie wieder den Yellowstone. Diesmal müssen sie ihn durchfurten, um die nächste Biegung abzukürzen. Denn sie müssten sonst den ganzen Flussbogen umreiten.

Aber die Furt ist nicht tief. Das Wasser reicht den Pferden nur bis zu den Bäuchen. Und die Nebel steigen aus dem Fluss. Drüben halten sie an.

Nicht weit von ihnen entfernt liegt ein bleicher Büffelschädel mit gut erhaltenen Hörnern. Pierce sitzt ab und holt den Büffelschädel. Er legt ihn genau auf ihre Fährte, und die Hörner sind der Furt zugewandt.

»Was bedeutet das?« So fragt Jessica ernst.

Er grinst hart und unversöhnlich unter seinem Schnurrbart. Seine Zahnreihen blinken scharf.

»Das ist für Blue Rock«, sagt er. »Der versteht das. Er wird als Erster auf unserer Fährte durch die Furt kommen. Und er kennt mich, weiß genau, wessen Fährte er verfolgt. Da der Schädel und die Hörner ihm zugewandt sind, bedeutet das für ihn eine Warnung. Er wird wissen, dass ich ihn zuerst abschießen werde, wenn er nicht umkehrt. Und ich gehe mit dir jede Wette ein, dass er umkehren wird. Wir können uns das von diesen Hügeln dort ansehen.«

»Aber dann wird unser Vorsprung nicht mehr groß genug sein«, spricht sie mit etwas schriller Stimme. Er erkennt auch den Ausdruck von Furcht in ihren Augen.

Wieder grinst er – aber diesmal nachsichtig.

»Unsere Pferde werden in einigen Stunden – wenn unsere Verfolger kommen – schon wieder ausgeruht sein. Die Tiere unserer Verfolger aber werden eine längere Rast nötig haben. Jessica, mein Engel, du musst wissen, dass uns die Kerle nur dann einholen können, wenn sie unterwegs frische Pferde bekommen. Aber woher sollen sie hier in diesem Land frische Pferde bekommen? Woher? Von den Indianern? Oha!«

Er sitzt auf, und sie reiten weiter. Bis zu den Hügeln innerhalb des Flussbogens sind es knapp drei Meilen.

Und von dort aus werden sie einen feinen Logenplatz haben und gut sehen können, was passieren wird, wenn die Bande hinter Blue Rock durch die Furt kommt und der Indianer auf der Fährte den Büffelschädel mit ihm zugewandten Hörnern liegen sieht.

Blue Rock ist sogar ein getaufter Indianer. Aber weil er in zu enge Berührung mit den Weißen kam, eignete er sich auch viele von deren schlechten Eigenschaften an.

Deshalb liebt er auch das Feuerwasser, denn es vermittelt ihm das Gefühl, riesengroß, wichtig und erfolgreich zu sein. Er hat auch längst herausgefunden, dass er, um dieses Gefühl auszukosten, sich nicht sinnlos betrinken darf. Er muss stets die »goldene Mitte« zwischen einem leichten Schwips und der Volltrunkenheit erreichen. Dann fühlt er sich als der Allergrößte, und dann macht ihm sein Dasein am meisten Freude.

Als er nun an diesem späten Mittag die Furt des Yellowstone erreicht, da hält er an und späht hinüber.

Er fühlt sich nicht besonders gut, denn er wurde im Verlauf des Tages ziemlich nüchtern. Aber das ist nicht allein der Grund für seine Unbehaglichkeit. Er glaubt nicht mehr, dass die fünf weißen Männer Freunde von Yellowstone Pierce sind. Dies hat er nur im betrunkenen Zustand glauben können.

Jetzt plagen ihn Zweifel.

Er wendet sich an Jesse Slade, der neben ihm das Pferd verhielt. »Ich brauche wieder einige Schlucke Medizin, Sir«, sagt er zu Slade.

Dieser zögert und erwidert dann mürrisch: »Mann, Rothaut, du säufst ja wie ein Loch. Wenn du so weitermachst, haben wir schon übermorgen keinen einzigen Schluck Feuerwasser mehr. Keiner von uns! Wir hätten ein Packpferd mit einer Packlast Feuerwasser mitnehmen müssen, nur allein für dich. He, hast du denn überhaupt noch einen Magen und eine Leber?«

Blue Rock streckt seine Hand verlangend aus.

»Wenn ich keine Medizin bekomme«, sagt er kehlig, »dann verschlechtert sich sofort die Sehfähigkeit meiner Augen. Und dann kann ich beim besten Willen die Fährte nicht mehr erkennen.«

Blue Rock drückt sich wirklich so aus. Sein Englisch ist gut, besser als das von vielen Weißen, die noch nicht lange in Amerika sind. Denn Blue Rock ging in die Missionsschule bei Fort Laramie, als es noch ein ziviles Handelsfort war, also weißen Händlern gehörte.

Jesse Slade flucht leise. Er reicht Blue Rock die Flasche, von denen er zwei am Sattelhorn hängen hat. Blue Rock nimmt drei lange Züge daraus und will sie an sein Sattelhorn hängen. Doch Slade nimmt sie ihm weg. Dann reiten sie durch die Furt.

Doch drüben – im seichten Wasser, das dem Pferd nur knapp über die Hufe reicht –, da hält Blue Rock schon wieder an.

»Vorwärts«, sagt Jesse Slade. »Jetzt gibt es nicht schon wieder Pumaspucke! Vorwärts, Mister Rock!«

Aber Blue Rock achtet gar nicht auf ihn. Blue Rock starrt auf den Büffelschädel, und in seinem leicht trunkenen Hirn beginnt es zu arbeiten. Sein Verstand ist mit einem Mal scharf und gar nicht mehr betrunken.

Er weiß sofort die Bedeutung dieses Zeichen, und er macht sich keine Illusionen.

Denn er kennt Yellowstone Pierce gut genug.

Und so hebt er den Blick und späht zu den Hügeln hinüber.

105

Dann schluckt er mühsam und wendet sich im Sattel. Er blickt auf die fünf hartgesichtigen Männer hinter sich und hat plötzlich Sorgen.

Aber die Furcht vor Yellowstone Pierce ist stärker.

Und so versucht er sein Glück. Er grinst breit und zieht sein Pferd herum. Mit dem Daumen deutet er dabei über die Schulter auf die nun hinter ihm befindlichen Hügel und sagt: »Gentlemen, ich werde nicht mehr gebraucht. Mister Yellowstone Pierce sitzt dort mit der Lady auf einem Hügel und sieht uns. Wenn Sie wirklich seine Freunde sind, wie Sie mir sagten, dann wird er auf Sie warten. Und wenn nicht ...«

Er verstummt, zuckt mit den Achseln und breitet die Arme aus, zeigt seine Handflächen als deutliche Geste, dass ihn dies alles nichts mehr angeht.

Jesse Slade aber deutet auf den Büffelschädel.

»Ist das ein Zeichen der Warnung?« So fragt er kühl.

Blue Rock nickt.

»Wenn ich euch weiter auf seiner Fährte führe, wird er mich zuerst abschießen. Dann seid ihr ohnehin bald ohne mich. Also wozu soll ich da mein Leben unnötig riskieren? Viel Glück, Gentlemen.«

Wieder befleißigte er sich einer vorzüglichen Aussprache und einwandfreien Wortwahl. Wahrhaftig, seine Ausdrucksweise ist die eines gebildeten Weißen. Die Jesuitenpadres haben ihm wirklich eine Menge beigebracht.

Aber leider wurde er ein Säufer.

Er reitet an der wartenden Reihe der fünf Hartgesottenen entlang zum anderen Ufer zurück. Jesse Slade aber ruft scharf: »Bleib, du verdammter Bastard! Bleib!«

Blue Rock hält noch einmal an.

Er blickt im Sattel sitzend über die Schulter zurück.

Und er sieht nicht besonders imposant aus. Man sieht ihm an, dass er krank ist wie nur ein Säufer krank sein kann, dessen Magen und Leber längst schon ruiniert sind.

»Sir«, sagt er langsam und mit merkwürdig anmutender Würde, »Sir, Yellowstone Pierce will nicht, dass ich seiner Fährte folge. Dort ist das Zeichen. Es hat keinen Sinn, dass ich es weiter versuche. Und Sie, Gentlemen, werden das auch noch herausfinden. Ich reite heim.«

Er treibt sein Pferd wieder an.

Aber Jesse Slade ruft abermals: »Bleib, du verdammter Bastard! Hiergeblieben! Du reitest erst heim, wenn ich das erlaube!«

Aber Blue Rock hält nicht mehr an. Er sieht sich auch nicht mehr um.

Und da gibt Jesse Slade Shorty Wells einen Wink. Denn Shorty Wells ist der verdammte Killer der Bande. Und Shorty Wells, den Pierce schon mal ins Wasser warf und der leider nicht darin ertrank, zieht seinen Colt und schießt.

Jessica und Pierce sehen von den Hügeln aus in der klaren Luft, in der selbst weit entfernte Dinge noch scharf zu erkennen sind, wie der Indianer ermordet wird, wie sein Körper vom Pferd fällt und von der leichten Strömung abgetrieben wird.

Das Pferd springt nur wenige Sprünge weit weg.

Dann holt es Shorty Wells und nimmt es an den langen Zügeln mit.

Denn die fünf Hartgesottenen reiten wieder an. Der Büffelschädel schreckt sie nicht.

Jessica atmet langsam aus. Sie blickt in Pierces Augen.

»Wenn du sie tötest«, spricht sie herb, »dann tust du ein gutes Werk an der Menschheit. Sie töten sinnlos, nur aus momentanen Empfindungen heraus. Sie taugen nichts und werden niemals etwas taugen. Wenn du sie tötest, dann wird dies wie der Kreislauf der Natur sein. Du bist dazu bestimmt worden. Anders kann ich es nicht mehr sehen.«

Er erwidert nichts.

Aber er denkt: Auch wir sind keine Reinen und Guten. Und deshalb allein schon darf ich mir nicht anmaßen, Richter und Henker zu sein. Nein, ich will nur um unser Leben kämpfen. Aber vielleicht ist auch das ein Naturgesetz. Die einen kämpfen um Beute – und die anderen ums Überleben.

Er erhebt sich und beginnt die Pferde zu satteln und die Packlasten aufzuladen. Jessica hilft ihm, und sie ist eine gute Hilfe.

Als ihre Verfolger nur noch eine knappe Meile entfernt sind, da reiten Jessica und Pierce los.

Doch ihre Pferde sind frisch.

Die Nacht wird sie sehr bald mit ihren Schatten einholen. Ihre Fährte wird nicht mehr zu erkennen sein.

Und wenn sie auch nur ein wenig die Richtung wechseln, gewinnen sie den Vorsprung einer langen Nacht. Das sind viele Meilen.

Jessica sagt einmal herb: »Sie sind selbst auch sehr gute Fährtenleser. Ich weiß es, denn ich ritt lange genug mit ihnen. Die geben nicht auf, nur weil der Indianer nicht mehr ...«

»Schon gut«, unterbricht Pierce sie. »Ich will auch gar nicht, dass sie aufgeben. Diesen Shorty bin ich Blue Rock schuldig.«

»Der hat ein weit reichendes Büffelgewehr«, warnt Jessica. »Zumindest hatte er eins. Und wenn er auch sein altes nicht mehr mitführen sollte, so wird er sich ein neues besorgt haben. Der trifft auf dreihundert Yards noch eine laufende Katze.«

Zwei Tage und Nächte vergehen. Es werden noch einmal schöne Herbsttage. Der im Norden lauernde Winter fand noch keinen Absprung.

Das Laub fällt jedoch jetzt bei dem geringsten Lufthauch endgültig von den Bäumen, und in den Nächten frieren die stehenden Gewässer, besonders die kleinen Tümpel.

Jessica und Pierce wärmen sich gegenseitig unter den Decken und auf der geteerten Segeltuchplane. Die Nächte sind lang.

Als der dritte Tag sich dem Ende nähert, deutet Pierce auf die Hügelkerbe vor ihnen und sagt: »Jessica, jetzt wirst du allein weiterreiten. Die Kerbe da in der Hügelkette ist dein Ziel. Du wirst dahinter wieder einmal den Yellowstone River erreichen. Es wird schon dunkel sein. Doch die Furt ist genau vor dir. Du kannst den Fluss also unbesorgt durchfurten. Drüben wartest du auf mich. Du musst alle Pferde mitnehmen – auch mein Sattelpferd. Ich komme zu Fuß.«

Er hält an. Auch sie tut es.

»Du willst mich allein lassen in diesem verdammten Land?« So fragt sie ein wenig rau und mit einem deutlichen Klang von Bitterkeit.

»Daran wirst du dich gewöhnen müssen, mein Engel.« Er lächelt. »Weißt du, es ist Zeit, dass ich mir diese Bastarde aus dem Süden mal vornehme. Und dabei möchte ich dich in Sicherheit wissen.«

»Und wenn sie dich töten?« Sie fragt es heiser und fügt hinzu: »Das könnte doch sein, nicht wahr? Was mache ich dann?«

Nun lächelt er nicht mehr.

»Du musst dann nach Norden reiten«, erklärt er ihr. »Dann kommst du auf die Goldfelder mit ihren wilden Campstädten. Wir selbst müssen morgen schon nach Süden abbiegen und das Große Knie des Yellowstone abkürzen. Genau an der Kniescheibe des Yellowstone-Knies liegen die Goldgräbercamps Livingston und andere. Wenn du weiter nach Norden reitest, kommst du nach Bozeman, Galatin und Three Forks. Wenn ich morgen wieder bei dir bin, reiten wir nach Süden, dorthin, wo die Berge am höchsten sind und die Canyons ihre gewaltigen Mäuler öffnen. Jetzt reite.«

Er spricht die beiden letzten Worte barsch und reicht ihr die lange Leine, an die er sein Sattelpferd und noch die beiden Packpferde angebunden hat.

Sie sieht schrägäugig vom Sattel aus auf ihn nieder. Dann reitet sie wortlos weiter. Links von sich hat sie ihre beiden Packtiere, rechts von sich sein Sattelpferd und seine beiden Packpferde.

Sie kann nur langsam reiten.

Nach etwa hundert Yards sieht sie sich um.

Doch sie kann ihn nicht mehr entdecken.

Er ist verschwunden.

Einmal erschaudert sie kurz.

Denn ihr ist plötzlich klar, dass er in dieser Nacht mit dem Töten beginnen wird.

Die fünf Hartgesottenen bleiben auch diesmal bis zum Anbruch der Nacht auf der Fährte, denn sie war bisher mühelos zu verfolgen.

An einem kleinen Creek, der an einer Stelle einen größeren Tümpel bildet, weil ein Biber begonnen hat, ihn anzustauen, halten sie in der schnell einsetzenden Dunkelheit an und sitzen ab.

Bac Longley flucht bitter und sagt dann: »Wenn wir keine frischen Pferde bekommen, sodass wir länger reiten können als er, dann holen wir ihn niemals ein. Denn wir wissen nicht, wohin er will. Also braucht er in den Nächten nur ein wenig die Richtung zu ändern. Wir müssen jede Nacht auf seiner Fährte anhalten und wieder auf das Tageslicht warten. Wir müssten frische Pferde haben, um immer wieder zu wechseln, sodass wir schneller reiten könnten. Der führt uns an der Nase herum und liegt jede Nacht mit der Schönen unter einer Decke. Verdammt, wie lange soll das noch so gehen?«

Auch die anderen fluchen.

Nur Jesse Slade schweigt.

Denn längst haben sie an den Spuren in den Camps festgestellt, dass das Paar stets unter einer Decke liegt.

Und wenn Jesse Slade daran denkt, da überkommt ihn eine heiße Wut.

Manchmal denkt er: Sie hat sich damals nur an mich herangemacht, damit ich sie vor den anderen beschütze – und damit sie uns dann am Rio Grande die Beute rauben konnte. Und jetzt benutzt sie diesen Yellowstone Pierce auch nur des eigenen Vorteils willen und bezahlt dafür mit ihrer Währung. Verdammt, wie schlecht sind doch die Frauen.

Nach diesen bitteren Gedanken sitzt er ab und gibt die Befehle.

Er sagt: »Also sammelt Holz! Macht ein Feuer! Shorty, du hast dann die erste Wache bei den Pferden. Tränke und versorge sie. Vance wird dich ablösen, sobald er gegessen hat.«

Es kommt also alles in Gang.

Shorty Wells bringt die Pferde auf die andere Seite des Tümpels. Es sind insgesamt acht Tiere, denn sie haben von Anfang an zwei Packtiere mit. Das achte Tier ist Blue Rocks Schecke.

Shorty sitzt im Sattel seines Pferdes und wartet, bis die Tiere sich satt getrunken haben. Einige wässern in den Tümpel. Deshalb brachte er sie ja auf die andere Seite, damit die Männer beim Feuer sauberes Wasser zur Verfügung haben.

Es ist kalt, doch sie waschen sich den Staub ab. Bac Longley, der kochen muss, schöpft das Kaffeewasser heraus und geht zum Feuer zurück.

Shorty beobachtet das alles vom Sattel aus.

Er dreht sich eine Zigarette und zündet sie an. Weil seine Augen von dem kleinen Zündholzflämmchen noch eine Sekunde geblendet sind, bemerkt er die Gefahr zu spät.

Jemand reißt ihn aus dem Sattel und drückt ihm überdies auch noch rechtzeitig die Kehle zu.

Und da wird er im knietiefen Wasser zwischen den Pferden untergetaucht.

Er kämpft verzweifelt, strampelt mit den Beinen – aber schließlich erlahmt sein Widerstand. Er wird ertränkt wie eine räudige Katze.

Es ist fast eine Stunde später, als Vance Rounds auf die andere Seite des Tümpels kommt. Die Pferde stehen schon eine ganze Weile nicht mehr im flachen Wasser, sondern grasen zwischen den Büschen oder fressen deren trockenes Laub.

Es sind Pferde, die gewöhnt sind, in harten Wintern genügsam zu sein.

Vance Rounds ruft halblaut: »He, Shorty, wo bist du denn? Verdammt, du hast dich doch wohl nicht schlafen gelegt in dieser Hundekälte?«

Die letzten Worte sollten nur ein Scherz sein.

Aber Shorty gibt keine Antwort.

Für einen Moment kommen Mond und Sterne durch ein Wolkenloch.

Die Oberfläche des Tümpels glitzert silbern.

Vance Rounds ist ein erfahrener Bursche, mit guten Nachtaugen.

Als er die bewegungslose Gestalt im flachen Wasser liegen sieht, da weiß er sofort, dass Shorty gewiss keinen Schlaganfall erlitt oder aus ähnlichen Ursachen ohnmächtig wurde.

Vance Rounds schnappt sofort den Colt heraus und wirbelt herum, so als hätte er Furcht, jemand könnte sich inzwischen von hinten an ihn angeschlichen haben.

Aber es ist niemand zu sehen.

Da brüllt er über den Tümpel zum Camp hinüber: »He, kommt her! Der Teufel ist los! Shorty liegt ertrunken im Wasser! Aber in diesem flachen Tümpel kann man nicht ertrinken! Kommt her!«

Drüben im Camp bewegen sich die drei anderen Männer sofort vom Feuer weg. Es hält sie keine Sekunde länger im Bereich des roten Scheins.

Jesse Slade kommt um den Tümpel herum, den schussbereiten Colt in der Faust, bereit für alles.

Vance Rounds zog indes Shorty an den Füßen aus dem Tümpel.

Und Jesse Slade sagt heiser: »Jetzt wissen wir, warum dieser Blue Rock umkehrte und durch nichts zu bewegen war, weiter dieser Fährte zu folgen. Jetzt wissen wir es genau. Wir waren zu sorglos, verließen uns auf unsere Übermacht. Shorty hat Blue Rock erledigt. Und dafür musste er nun bezahlen. Weil Blue Rock umkehrte, hat dieser Yellowstone ihn gerächt. Verdammt, mit was für einem Burschen haben wir es zu tun?«

Vance Rounds hockt bei Shorty am Boden und sagt eine Weile nichts.

Erst nach einer Weile knirscht er: »Und wenn der Teufel selbst es sein sollte, in dessen Schutz sich diese verdammte Puta begeben hat und den sie mit Zärtlichkeiten bezahlt … hey, wenn es der Teufel selbst wäre, wir müssen ihn erledigen. Denn bei ihm ist nicht nur Jessica, die uns so hinterhältig betrog, bei ihm ist auch unsere Beute aus Mexiko, für die wir ritten und kämpften, immer wieder Blut vergossen und getötet haben. Soll das alles umsonst gewesen sein? Verdammt, es muss so oder so ein Ende haben!«

9

Als Jessica die Furt des Yellowstone erreicht, zögert sie nicht lange, sondern reitet mit allen Pferden ins Wasser. Es ist nicht tief. Sie kommt gut hinüber. Doch als sie drüben anhält, da sind plötzlich einige Gestalten rechts und links neben ihrem Sattelpferd.

Indianer!

Die Erkenntnis ist wie ein Schrei in ihr.

Dann wird sie aus dem Sattel gerissen. Sie schlägt recht unglücklich mit dem Kopf auf und verliert die Besinnung. Als sie erwacht, sieht sie in die Flammen eines Feuers. Und als sie sich aufsetzt, dabei in die Runde blickt, sieht sie in einige Indianergesichter.

Einer der Indianer – es ist ein schon grauhaariger Krieger mit zerfurchten Gesichtszügen – fragt kehlig in einigermaßen verständlichem Englisch:

»Warum reitest du allein mit vielen Pferden durch dieses Land bei Nacht? Und wo ist der Mann, dem das zweite Sattelpferd gehört? Wo ist er? Antworte schnell!«

Sie seufzt und wischt sich übers Gesicht, betastet die Beule an ihrer Schläfe. Sie muss damit gegen einen Stein geprallt sein.

Dabei erinnert sie sich, dass Yellowstone Pierce in diesem Land ein offenbar sehr bekannter und zumindest respektierter Mann ist.

Blue Rock hatte ihn sehr respektiert. Denn Blue Rock war umgekehrt.

Und so hofft sie, dass auch diese Indianer ihn

respektieren werden. Deshalb sagt sie schnell: »Der Mann, zu dem ich gehöre, heißt Yellowstone Pierce. Und es wird ihm gar nicht gefallen, wenn ihr mich nicht wie seine Frau behandelt.«

Sie kann schon beim Nennen von Pierces Namen erkennen, wie die Indianer wachsam werden, zusammenzucken, lauernd und sprungbereit wirken. Und zwei von ihnen verlassen das Feuer und verschwinden in der Nacht.

»Und wo ist Yellowstone Pierce jetzt?« Der grauhaarige Krieger fragt es heiser, wobei Jessica erkennen kann, wie seine Augen im Feuerschein glitzern.

Immer noch entschließt Jessica sich für die Wahrheit.

Sie sagt: »Fünf weiße Banditen folgen uns. Es sind schlimme Mörder. Sie wollen mich. Yellowstone Pierce wird sie aufhalten. Deshalb ließ er mich vorausreiten.«

Als sie verstummt, nickt der Indianer, so als könnte er alles gut verstehen. Dann murmelt er: »Ja, Yellowstone Pierce ist ein Krieger, der es auch mit fünf anderen Kriegern aufnehmen kann. Wir werden hier am Feuer sitzen bleiben und auf ihn warten. Wenn er vom anderen Ufer aus das Feuer sieht, wird er rufen. Dann kannst du ihm antworten.«

»Was soll ich ihm antworten?« Sie fragt es nun sehr kritisch und misstrauisch.

Der graukopfige Krieger lächelt. »Ach, ich bin Little Wolf«, sagt er. »Pierce kennt mich gut. Der wird sich freuen, wenn er hört, dass wir hier beisammensitzen. Ja, der wird sich mächtig viel freuen.«

In seine Stimme klingt zuletzt ein Glucksen, so als könnte er nur mühsam ein Lachen unterdrücken.

Dann ruft er einige Worte in seiner Sprache über die Schulter.

Jessica zählte vorhin vier Krieger außer Little Wolf. Jetzt sind nur noch zwei bei ihm und ihr am Feuer. Die beiden anderen verschwanden.

Warum?

Darüber beginnt sie mit wachsender Sorge nachzudenken.

Warum verschwanden zwei Krieger in der Nacht?

Sie erhebt sich, geht zum Flussufer, kniet dort nieder und kühlt mit dem nass gemachten Halstuch die Schwellung an ihrer Schläfe.

Die Indianer lassen sie gewähren.

Mit einem Blick stellt sie fest, dass sie die Packlasten auf den Packtieren bisher noch nicht anrührten. Irgendwie beruhigt sie das. Denn wenn die Indianer Pierce feindlich gesinnt wären – so glaubt sie –, hätten sie sich doch wohl längst schon über die Beute hergemacht.

Langsam kehrt sie zurück, hockt sich beim Feuer nieder. Die Indianer betrachten sie schweigend. Erst nach einer Weile sagt Little Wolf:

»Du bist schön, Lady, sehr schön. Yellowstone Pierce hatte schon immer einen besonderen Geschmack. Mehr als eine unserer schönsten Frauen verbrachte einen langen Winter in seiner Hütte. Er fand immer wieder bei all den Stämmen eine schöne Witwe. Doch im Mai dann, wenn er nach Osten zog, um in Fort Laramie seine Felle und Pelze zu verkaufen – oder in Fort Buford –, da schickte er sie wieder zu ihren Dörfern zurück. Vielleicht wird er auch dich zurückschicken, schöne Lady.«

Er verstummt hart.

Und mit einem Mal weiß Jessica, dass Little Wolf und dessen Begleiter ganz gewiss nicht Yellowstone Pierces Freunde sind.

Sie spürt es endlich mit ihrem feinen Instinkt.

Und sie denkt: Wenn er kommt, wird er hier in eine Falle rennen. Du lieber Vater im Himmel, sind fünf weiße Mörder und Banditen nicht genug? Mussten jetzt auch noch diese roten Hurensöhne mit ins Spiel kommen? Wie will er mich denn jetzt noch beschützen können? Hat er mir großmäulig zu viel versprochen?

Es wird ihr heiß und kalt.

Sie möchte aufspringen und mit aller Kraft schreien. Vielleicht würde ihn ihr Alarmruf warnen.

Doch sie unterlässt es und wartet, sieht nur manchmal in die im Feuerschein glitzernden Augen der Indianer und spürt immer stärker deren Feindschaft.

Die Warterei ist zermürbend, unerträglich. Und dennoch muss sie es ertragen, muss warten und die Sekundenewigkeiten zu noch längeren Ewigkeiten zusammenzählen.

Ihr ganzes Leben zieht in ihrer Erinnerung noch einmal an ihr vorbei.

Und der Wunsch, hier heil wieder herauszukommen, neu anzufangen, unabhängig und somit auch wohlhabend zu sein – dieser Wunsch wird übermächtig in ihr. Er ist wie ein inbrünstiges Gebet an den Himmel.

Aber wird er in Erfüllung gehen?

Wird der Himmel ihr beistehen?

Sie ist schön und begehrenswert.

Und dennoch hatte sie bisher im Leben trotz ihrer Schönheit immer nur Pech. Millionen hässlicher Frauen sind glücklich – warum kann ich das nicht schaffen?

Dies fragt sie sich.

Aber es fing wohl schon damit an, dass ihre Eltern sie fünfzehnjährig an einen Mann verkuppelten, der mehr als doppelt so alt war wie sie. Aber es war ein reicher Mann, bei dem ihre Eltern verschuldet waren. Sie lief weg vor der Hochzeit – und von da an war sie eigentlich nur noch auf Männer angewiesen. Sie musste für alles bezahlen mit dem einzigen Kapital, das sie besaß, mit ihrem jungen und schönen Körper.

Und so blieb es bis zum heutigen Tag.

Verdammt, denkt sie. Ich bin reich. Die Juwelen sind gewiss eine Million wert. Ich bin reich und stecke dennoch in der schlimmsten Klemme meines Lebens. Was werden diese roten Bastarde mit mir tun, wenn sie Pierce erledigt haben?

Aber es gibt noch keine Antwort auf diese Frage.

Sie muss noch warten. Es muss schon Mitternacht sein, als sie spürt, wie die Indianer sich noch mehr anspannen am Feuer, wie sie nun sprungbereit hocken. Sie müssen etwas gehört haben.

Angespannt lauschen sie in Richtung Fluss. Und dessen leises Raunen und Plätschern verändert sich ein wenig. Nun hört es auch Jessica. Es ist da noch ein anderes Geräusch in der Strömung, das nicht von Fischen, anderem Wassergetier oder treibendem Holz und Gezweig stammen kann. Wahrscheinlich watet ein Mensch durch die Furt. Jessica glaubt es plötzlich, aber sie ahnt es mehr, als dass sie es hört oder sonst wie wahrnimmt.

Es muss Pierce sein, denkt sie. Aber warum ruft er das Feuer nicht an? Er muss doch annehmen, dass ich dieses Feuer angemacht habe? Warum ruft er nicht? Die Nacht wurde etwas heller als am Anfang. Man kann jetzt die Sandbank erkennen, die sich zu einer flachen Insel erhebt, auf der einige Büsche wachsen. Als Jessica den Fluss durchfurtete, konnte sie das alles noch nicht so deutlich sehen.

Little Wolf sagt plötzlich scharf und forschend: »Ruf ihn! Schnell, weiße Lady, rufe seinen Namen, damit er Antwort gibt!«

»Den Teufel werde ich tun«, erwidert sie hart.

Sie kann erkennen, dass die drei Indianer am Feuer immer unruhiger und nervöser werden.

Und dann ruft der grauköpfige Krieger, der sich Little Wolf nannte, plötzlich in seiner Sprache einige laute Worte. Jessica kann die Bedeutung nicht verstehen. Doch irgendwie ahnt sie, dass Yellowstone Pierce diese Worte gelten.

Aber der antwortet nicht.

Da erheben sich die drei Indianer am Feuer. Sie verhalten geduckt, die Waffen griffbereit, und lauern nach allen Seiten. Zwei von ihnen halten Gewehre im Hüftanschlag. Es sind moderne Spencer-Karabiner, die sie irgendwo erbeutet haben müssen. Der grauköpfige Krieger hält einen Revolver in der Hand, und er hält ihn so, als könnte er auch mit dieser Waffe umgehen – was eine Seltenheit bei Indianern ist.

Jessica ist nicht mit den Indianern aufgesprungen. Sie nimmt sich vor, bei der geringsten Kleinigkeit, die jetzt passieren sollte, einfach aus der sitzenden Haltung zur Seite zu kippen und sich flach auf den Boden zu pressen.

Denn ihr ganzer Instinkt sagt ihr, dass der Atem von Gefahr weht und gewiss bald die Hölle ausbrechen wird.

Und dann fällt ihr ein, dass es fünf Indianer sind, nicht nur die drei bei ihr am Feuer. Sie ruft plötzlich laut und gellend:

»Pierce, es sind fünf! Und nur drei sind bei mir am Feuer!«

Sie hat kaum das letzte Wort aus dem Mund, als einer der Indianer über das Feuer springt und sein Fuß nach ihrem Kopf tritt. Zum Glück ist der Mokassin kein harter Stiefel, aber sie fällt natürlich um und ist halb besinnungslos.

In diesem Moment krachen die Schüsse.

Sie bleibt benommen am Boden und hofft, dass es Pierce überleben kann.

Denn ihr ist trotz der Benommenheit im Kopf klar, dass Pierce nun um sein Leben kämpfen muss.

Und wenn er verliert, dann wird sie den Indianern gehören.

Wieder einmal wird sie von einer Hand in andere Hände geraten.

Deshalb wünscht sie sich – indes sie im Kopf wieder klarer wird und den Fußtritt überwindet –, dass er gewinnen möge, aber nicht nur deshalb. Sie spürt plötzlich in diesen Sekunden, dass sie auch noch aus anderen Gründen um ihn fürchtet.

Noch niemals hat sie sich Sorgen dieser Art um einen Mann gemacht.

Sie wird sich in diesen Sekunden der Not darüber klar, dass es nicht allein ihr Selbsterhaltungstrieb ist, der in ihr dieses Angstgefühl um Pierce erzeugt.

Indes krachen immer wieder Schüsse.

Die drei Indianer am Feuer schießen ebenfalls, und sie bewegen sich schnell umher.

Dann fallen sie nacheinander.

Und endlich wird es still.

Selbst die nervös gewordenen Pferde beruhigen sich. Nichts regt sich.

Alles scheint zu lauschen.

Jessica hebt den Kopf, um sich ein wenig umzusehen. Im Feuer liegt einer der Indianer. Er fiel getroffen hinein und ist tot. Es beginnt scheußlich nach verbrannter Lederkleidung zu stinken.

Jessica kann das kaum ertragen. Rauch breitet sich aus. Das Feuer ist zwar fast erstickt, doch es qualmt unter dem leblosen Körper. Jessica möchte sich erheben, den Toten an den Füßen herausziehen.

Doch sie wagt nicht, sich zu erheben. Sie kriecht in Richtung Fluss davon. Und dabei denkt sie immer wieder: Wo ist Pierce? Haben sie ihn erledigt? Liegt er irgendwo in den Büschen und ist tot? Hat er alle Indianer niederkämpfen können? Oder lauern noch jene beiden in der Nacht auf ihn, warten nur darauf, dass er zu mir kommt? Oh, Pierce, wann endlich ist das alles vorbei? Und warum gerate ich nur immer wieder von einem Verdruss in den anderen? Merde, merde, das ganze Leben ist verdammt merde!

Lange liegt sie so da, sehr lange, fast so lange, wie man benötigt, um eine Zigarette zu rauchen.

Es ist eine zermürbende, endlose Zeitspanne des atemlosen Lauschens, Wartens, Hoffens, Bangens.

Und dann tönt ein gellender Schrei.

Selbst Jessica, die in diesem Land doch so unerfahren ist, begreift die Bedeutung des Schreies sofort.

Ein angreifender Indianer stößt diesen Schrei aus, hofft damit, den Angegriffenen um Sekundenbruchteile zu lähmen und dadurch einen Vorteil zu erhalten.

Aber noch während des Schreis, der bis ins Mark der Knochen einzudringen scheint und wahrscheinlich wie lähmend wirkt, kracht ein Colt.

Es muss Pierces Colt sein – und fast unmittelbar danach gellt nochmals ein solcher Schrei. Wieder begreift es Jessica schnell. Dieser zweite Schrei stammt von dem zweiten Indianer. Sie hatten Pierce eingekeilt. Wahrscheinlich wollten sie ihn zu gleicher Zeit von zwei Seiten her angreifen.

Doch das gelang ihnen nicht ganz.

Pierces Colt kracht nicht mehr.

Vielleicht ist die Waffe leer geschossen. Jessica konnte die Schüsse nicht zählen, denn auch die drei Indianer am Feuer schossen ja mehrmals.

Sie weiß jedoch, dass Pierce sich des letzten Kriegers gewiss mit dem Messer oder nur mit den Fäusten erwehren muss. Wird er siegen?

Es dauert eine Weile. Sie hört aus den Büschen das Keuchen und Knurren zweier kämpfender Männer. Büsche rascheln, knacken, brechen.

Und dann endlich wird es still.

Sie lauscht eine Weile.

Dann fragt sie zaghaft: »Pierce? Oh, Pierce, wie geht es dir? Gib Antwort, Pierce. Hier am Feuer die Indianer, die rühren sich nicht! Du kannst kommen, Pierce.«

Sie hört ihn dann kommen. Er drängt sich ziemlich mühsam und schwerfällig durch die Büsche, und schon daran erkennt sie, dass er verwundet ist.

Durch den stinkenden Qualm sieht sie ihn dann. Ja, er schwankt und hinkt.

Fluchend bückt er sich beim Feuer und zieht endlich den toten Indianer heraus, schleift ihn zum Wasser. Jessica ist darüber aus zweifacher Hinsicht erleichtert. Nicht nur, dass der Tote nicht mehr im Feuer stinkt, macht alles ein wenig erträglicher, nein, sie hat jetzt überdies auch noch die Hoffnung, dass Pierce nicht zu schlimm oder gar lebensgefährlich verletzt ist.

Denn sonst wäre er wahrscheinlich nicht fähig gewesen, den Toten zum Fluss zu schleifen und hineinzuwerfen. Keuchend kommt er zurück.

»Mach Feuer, mein Engel«, knurrt er. »Wir müssen was sehen können. Und wir müssen verdammt schnell machen. Denn deine Banditen sind uns verdammt nahe. Zum Glück sind die Pferde noch nicht abgesattelt und abgeladen. Wir könnten also schnell von hier fort. Beeil dich, mein Engel. Ich muss etwas verschnaufen und meinen Colt neu laden.«

10

Zum Glück haben sie in ihrem Gepäck einen gut ausgestatteten Verbandskasten. Der ist ja auch notwendig für ein Paar, das Monate in der Einsamkeit verbringen will.

Pierces Wunden sind böse.

Er bekam ein Messer in den Rücken, jedoch nicht tief genug, um die Lunge zu verletzen. Er wirbelte offenbar im selben Moment herum, um den Angreifer abzufangen, als ihn das Messer traf. Und so stach das Messer nicht tief, schnitt jedoch eine lange Wunde.

Die Kugel in seinem Oberschenkel holt Jessica geschickt mit einer scherenähnlichen Pinzette heraus, einer so genannten Kugelzange.

Sie gießt Alkohol auf die Wunden.

Die Messerschnittwunde muss sie nähen.

Und all das erträgt Pierce stöhnend am Feuer und im Schein einer Öllaterne. Nur manchmal trinkt er einen Schluck Brandy aus der Flasche.

Er verlor ziemlich viel Blut. Seine Kleidung ist besudelt damit. Doch sie haben keine Zeit zur Reinigung oder zum Kleidungswechsel. Sie müssen weiter.

Die Schüsse sind in diesem stillen Land meilenweit zu hören gewesen.

Die Jesse-Slade-Bande ist wahrscheinlich schon unterwegs.

Jessica arbeitet schnell und kundig.

Sie hat ganz offensichtlich Erfahrung in Wundbehandlung.

Aber er fragt nicht. Er hockt ruhig da und sammelt Kraft.

Als sie fertig ist und den Verbandskasten wieder im anderen Gepäck auf dem Packtier verstaut hat, da erhebt er sich langsam.

»Dann los«, sagt er heiser. »Wir werden diesen Strolchen in dieser Nacht noch ein paar Rätsel aufgeben, an denen sie morgen den ganzen Tag zu knacken haben. Reiten wir!«

Er hinkt zu den Pferden, sitzt auf und nimmt auch seine beiden Packpferde wie immer an die Leine.

Jessica verharrt noch.

Sie staunt.

Und sie denkt: Was für ein Mann! Heiliger Rauch, was für ein Mann! Der hat gegen fünf Indianer gekämpft, die auf ihn warteten, und auch noch gewonnen. Oh, jetzt glaube ich, dass er mich in diesem Land beschützen kann. Ja, jetzt glaube ich es. Wenn sich nur seine Wunden nicht entzünden. Und wenn uns Jesse Slade und dessen Rudel nur nicht so schnell finden.

Sie sitzt nun auf.

Als sie im Sattel sitzt, wendet sich Pierce an sie.

Er sagt: »Das war nicht Little Wolf, sondern Gelbvogel, ein Shoshone. Dem habe ich mal ...«

Er verstummt.

Sie aber fragt heftig nach vorne zu ihm: »Was hast du ihm mal angetan? Verdammt noch mal, sprich zu Ende! Was hast du ihm angetan, wie er auch heißen mochte?«

»Die Frau weggenommen – einfach geklaut.« Er lacht heiser. »Sie war eine wunderschöne Shoshone-Prinzessin. Er hatte sie schon von ihrem Vater für ein Dutzend Pferde und viele kostbare Pelze gekauft. Aber ich holte sie ihm noch vor der Hochzeitsnacht weg, hahaha!«

Er lacht wie wild, und gewiss ist er angetrunken. Denn er nahm mehrere lange Züge aus der Schnapsflasche, als sie seine Wunden versorgte und er vor Schmerzen nur so knirschte. Durch den Blutverlust wurde er überdies auch noch so sehr geschwächt, dass er den Brandy nicht so gut vertragen konnte wie normalerweise.

Jessica schweigt eine Viertelmeile lang.

Dann ruft sie wieder nach vorne: »Und was wurde aus deiner Shoshone-Prinzessin? He, Lederstrumpf, was wurde aus ihr? Lebte sie auch einen Winter lang mit dir in jener Hütte, zu der du mich jetzt bringst? Bin ich die Nachfolgerin einer Squaw?«

Sie kreischt es fast heraus.

Er hält an, wartet, bis sie neben ihm verhält.

Es geht ihm nicht gut. Sie kann es erkennen in der Nacht. Aber seine Stimme klingt merkwürdig ruhig und fast feierlich.

»Sie war wunderschön«, sagt er. »Und sie liebte mich mehr als ihr Leben. Als ich mit dem Grisly kämpfte, da kam sie mir zu Hilfe. Sie griff ihn mit dem Messer an, als ich am Boden lag, weil er mich mit einem Tatzenhieb getroffen hatte. Sie verschaffte mir die Chance, aufzustehen. Und da schlug er ihr fast den Kopf von den Schultern. Sie war …«

Die Stimme versagt ihm.
Und er reitet wieder an.
Jessica folgt ihm nachdenklich.

Als es Tag wird, hält er an und rutscht stöhnend vom Pferd. Er lehnt sich dagegen und sagt: »Jessica, mein Engel, ich kann heute nichts mehr tun, gar nichts mehr. Deck mich gut zu, damit ich nicht friere. Du musst alles allein machen. Und hab keine Sorge. Wir verwirrten unsere Fährte so gründlich, ritten Zickzack, bogen nach Osten ab und blieben viele Meilen in einem Creek, dass die Kerle lange brauchen, um uns folgen zu können. Es sind nur noch vier. Diesen Shorty habe ich ertränkt wie eine Ratte. Los, breite die Teerplane aus. Ich will mich drauflegen.«

Sie gehorcht. Er fällt dann auf der geteerten Segeltuchplane auf die Knie und legt sich schließlich stöhnend hin. Von einem Atemzug zum anderen ist er eingeschlafen. Jessica verharrt einige Minuten regungslos.

Dann macht sie sich an die Arbeit.

Der Platz ist als Camp gut gewählt. Tannen und Unterholz sind hier dicht, geben Schutz. Aber wenn sie an die Ränder der Wald- und Buschinseln tritt, kann sie meilenweit nach allen Richtungen in die Ferne sehen.

Sie fragt sich, ob ihre Fährte wirklich so gut verwirrt ist, dass sie vorerst in Sicherheit sind und Pierce einige Stunden schlafen kann.

Aber das wird sie sehr bald schon wissen.

Auf jeden Fall aber wird sie ihn pflegen und entlasten müssen, damit er möglichst bald wieder im Besitz seiner Fähigkeiten ist. Wie sollte er sie sonst beschützen können?

Als Jesse Slade, Vance Rounds, Tom Haley und Bac Longley jenseits der Furt den Kampfplatz erreichen, sind sie zuerst sehr vorsichtig.

Aber dann machen sie das Feuer wieder an und finden nacheinander die toten Indianer. Jedoch erst im Morgengrauen wird ihnen anhand der vielen Spuren klar, was sich hier abgespielt hat.

»Das ist ein Teufel«, sagt Tom Haley überzeugt. »Der hat mit einer Indianerbande gekämpft, die Jessica schon als Geisel besaß. Da sind fünf Indianerpferde. Es sind also fünf Tote. Einer fehlt, aber die Spur sagt, dass man ihn zum Fluss geschleift hat. Der kämpfte gegen fünf Indianer und gewann. Ist euch jetzt klar, was für einen Beschützer die schöne Jessica hat?«

»Das ist mir schon lange klar«, knurrt Jesse Slade böse. »Aber wir haben doch wohl keine Angst vor ihm – oder? He, wir sind schon mit vielen großen Tigern und Bullen zurechtgekommen. Warum nicht mit ihm? Oder hat einer von euch Sorge, dass wir ihn nicht schaffen könnten?«

»Wir müssen ihn erledigen«, brummt Bac Longley. »Wie sollen wir sonst an die Beute aus Mexiko kommen, die Jessica uns stahl? He, wir müssen ihn kleinmachen oder dabei zur Hölle fahren. Also reiten wir, denn es ist nun hell genug, um die Fährte sehen zu können. Verdammt, reiten wir. Und wenn wir die Indianerpferde mitnehmen, haben wir sogar jetzt Tiere zum Wechseln.«

Sie sagen nichts mehr, aber sie sind bald schon in Bewegung. Zuerst scheint die Fährte so leicht verfolgbar zu sein wie all die Tage zuvor. Sie führt immer noch nach Westen, und der Yellowstone River befindet sich nördlich von ihnen, also zu ihrer Rechten.

Doch dann führt die Fährte in einen felsigen Creek hinein, dessen Grund nur aus Kieseln und Steinen besteht. Dieser Creek kommt aus dem Süden.

Sie wissen, dass auch der Yellowstone River hier irgendwo sein großes Knie haben muss, also von Süden kommend nach Osten zum Missouri abbiegt.

In den Creek führen andere Creeks, kleinere zwar, aber ebenso kieselhaltig. Und durch jeden dieser kleineren Creeks können die Verfolgten aus dem Hauptcreek gelangt sein und irgendwohin die Richtung verändert haben.

Die vier Hartgesottenen halten an, um zu beraten.

»Jetzt wird es richtig ernst«, sagt Jesse Slade. »Wir sind zwar nicht unerfahren im Fährtenlesen, aber auch wieder keine großen Asse. Blue Rock fehlt uns jetzt, doch der hatte Angst vor Yellowstone Pierce.«

Sie nicken.

Doch Vance Rounds sagt: »Er muss verwundet sein. Der kann sich nur noch hinkend bewegen. Die kommen vielleicht gar nicht mehr so schnell vorwärts. Verdammt, jetzt haben wir zwar Ersatzpferde, sodass wir die Tiere ständig wechseln könnten, aber er verwirrt seine Fährte. Dieser Hurensohn ist so erfahren wie ein alter, narbiger Wolf.«

Die anderen nicken.

»Wir werden sie schon irgendwie aufspüren«, grollt Bac Longley. »Es ist alles nur eine Frage der Zeit. Er hat gar keine Chance gegen uns, mag er auch ein erfahrener Lederstrumpf sein, ein König der Gebirgsläufer und Jäger. Wir alle sind Revolvermänner. Wenn auch nur einer von uns ihn vor den Colt bekommt, dann ist er im gleichen Sekundenbruchteil auch schon hin. Also, machen wir weiter.«

Und sie setzen sich wieder in Bewegung.

Aber ihre Stimmung ist auf dem Tiefpunkt, denn sie ahnen – und diese Ahnung wird in ihnen immer mehr zur Gewissheit –, dass sie ihn und Jessica suchen müssen wie Stecknadeln im Heuhaufen.

Aber der ihnen geraubte Schatz – die Beute ihrer Überfälle –, der ist zu kostbar.

Bis an ihr Lebensende würden sie suchen.

Nur eine Sorge haben sie: der nahende Winter.

Denn wenn erst der Schnee fällt, werden selbst die kaum erkennbaren Fährten für sie völlig unsichtbar. Dann können sie nur noch das gewaltige und immer unübersichtlicher werdende Land nach Yellowstone Pierce und Jessica absuchen, nichts anderes mehr.

Und wenn sie eingeschneit werden in den Bergen, dann könnte es sein, dass ihre Vorräte nicht ausreichen. Sie sehen in keine rosige Zukunft.

Dennoch wollen sie nicht aufgeben.

Yellowstone Pierce schläft fast den ganzen Tag.

Jessica hockt bei ihm, eingehüllt in ihren warmen Fellmantel und mit den Füßen in einer Decke.

Sie wagt es nicht, ein Feuer anzumachen. Denn sie weiß nicht, wie nahe die Verfolger sind. Ihre Waffe hat sie griffbereit.

Manchmal möchte sie Pierce wecken, aber dann lässt sie es doch bleiben, lauscht nur scharf und wachsam. Ihre Angst und Sorge sind größer als ihre zunehmende Müdigkeit. Und so bleibt sie wach.

Manchmal, wenn sie sich vorbeugt und nach Pierces Puls fühlt, da bewegt er sich ein wenig. Aber er erwacht nicht.

Gegen Mittag stellt sie fest, dass er Temperatur bekommt. Wundfieber!

Dieses Wort ist in ihr wie ein Schrei.

Sie beobachtet ihn nun noch schärfer, und bald schon weiß sie, dass es ihm zunehmend schlechter geht, weil seine Wunden sich wahrscheinlich entzündet haben. Es kann nicht anders sein. Er will sich jetzt mehr und mehr zu wälzen beginnen. Sein betäubungsähnlicher Schlaf wird zunehmend unruhiger. Mehrmals muss sie ihn festhalten, damit er sich nicht zu wild bewegt.

Aber wenn seine Wunden verharschen sollen, dann muss er möglichst bewegungslos liegen.

Als sie ihn wieder einmal festhält – es ist schon Nachmittag –, da erwacht er. Er starrt wild zu ihr empor. In seinen Augen erkennt sie das Fieber. Doch er ist trotz Fieber noch bei vollem Verstand.

Denn er grinst mühsam und sagt dann heiser:

»Du machst dir wohl mächtige Sorgen, ja?«

Sie beißt die Zähne zusammen und hat Mühe, sie auseinanderzubekommen.

Als sie spricht, klingt ihre Stimme gepresst.

»Du wirst es schon schaffen«, sagt sie. »Doch ich muss nach deinen Wunden sehen. Hackt es darin? Sag es mir ehrlich. Wir dürfen es nicht zulassen, dass deine Wunden zu eitern beginnen. Gestern in der Nacht, im Schein des Feuers und der Laterne, da konnte ich in der Eile nur das Notwendigste tun. Jetzt aber ...«

Sie hält inne und sieht sich um.

»He, wie sicher sind wir hier? Ich wagte nicht, ein Feuer anzumachen.«

»Das kannst du wagen«, sagt er. »Du wirst das sogar allein schon deshalb tun müssen, um meine Beinwunde auszubrennen. Ja, es hackt mächtig in dieser Wunde. Und meine Leistendrüsen sind angeschwollen. Vielleicht genügt es bei der genähten Rückenwunde, wenn du den Verband darüber mit Alkohol tränkst.«

Sie stößt einen katzenhaft knurrenden Ton aus. Dann macht sie sich an die Arbeit.

Als sie die Beinwunde betrachtet, da sieht sie die entzündeten Wundränder.

»Ja, ich muss die Wunde ausbrennen«, murmelt sie gepresst, und sie denkt einen Moment an den Indianer in der vergangenen Nacht, der im Feuer lag und darin schmorte.

Den Geruch von verbranntem Fleisch wird sie auch jetzt wieder in die Nase bekommen. Ihr wird ein wenig schlecht.

Aber diese Schwäche überwindet sie schnell.
Sie muss Pierce helfen.
Ihr Überleben hängt davon ab.

Als sie fertig ist, spürt sie eine bleierne Erschöpfung.

Doch sie kocht noch Kaffee und brät einige Pfannkuchen mit Speck. Dann füttert sie Pierce und stellt dabei fest, dass auch sie einen bösen, gierigen Hunger hat. Als sie fertig ist, sagt Pierce gepresst: »Lass das Feuer ausgehen. Du kannst nun drei bis vier Stunden schlafen. Ich werde dich wecken. Dann müssen wir weiter. Denn morgen – so schätze ich – werden die Kerle dieses Camp finden. Aber morgen erst. Also schlaf ruhig.«

»Aber du hast Wundfieber und …«, beginnt sie.

Doch er lacht grimmig. »Du kannst dich darauf verlassen, dass ich wach und bei Verstand bleibe. Das Wundfieber wird gewiss nicht schlimmer werden. Und der Schmerz der ausgebrannten Beinwunde hält mich wach. Schlaf, mein Engel. Und sei guten Mutes. Morgen geht es mir schon besser – selbst nach einer Nacht im Sattel.«

Sie erwidert nichts mehr.

Denn sie ist zu erschöpft.

Kaum hat sie sich in die Decken gerollt, ist sie auch schon eingeschlafen.

Er beobachtet sie. Da sie auf der Seite liegt und ihm dabei das Gesicht zugewandt hat, kann er sie gut betrachten.

Immer wieder wird er sich darüber klar, dass sie mehr als schön ist, nämlich darüber hinaus auch noch reizvoll und deshalb so begehrenswert. Ihre Schönheit ist nicht edel und rein, sondern sehr menschlich, lässt also ahnen, dass sie Schwächen besitzt, Leidenschaften nachzugeben bereit ist, weil sie Hunger besitzt nach allen guten Dingen des Lebens.

Nein, sie ist keine Heilige, deren Reinheit sich in Schönheit ausdrückt.

Sie ist ein verführerisches Weib, lockend und fordernd zugleich.

Aber das gefällt ihm. Er und sie, sie werden stets die gleichen Wünsche verspüren.

Und dennoch wird ihre Zukunft unklar bleiben bis zuletzt. Denn er ist ein Mann dieses Landes, ein Jäger und Gebirgsläufer.

Sie aber will in Luxus leben und die weite Welt kennen lernen.

Also werden sie sich eines Tages – vielleicht schon im kommenden Frühjahr, falls sie dann noch leben – trennen müssen.

Oder könnte er mit ihr gehen und an ihrer Seite die Welt bereisen?

Dann aber müssten sie erst die kostbaren Juwelen zu Geld machen können, um reich zu sein. Es gehen Pierce in diesen Stunden bis zum Anbruch der Nacht viele Gedanken durch den Kopf.

Und er kommt zu keinem Ergebnis.

Sein Wundfieber wird nicht schlimmer.

Und das ist ein gutes Zeichen.

Als es dann Nacht wird, weckt er Jessica.

Sie muss die Pferde satteln, die Packlasten aufladen und alles zum Abritt fertigmachen. Aber sie arbeitet und hantiert geschickt, ist sehr stark für eine nur mittelgroße und etwa hundertzehn Pfund schwere Frau.

Sie kann sogar die Diamantknoten über die Packlasten knüpfen wie ein Maultiertreiber. Ihre Wege müssen wahrhaftig verdammt rau gewesen sein.

Aber wahrscheinlich lernte sie schon sehr viel in ihrer Jugend, weil sie ihren Eltern einen Sohn ersetzen musste auf der armseligen Farm in Tennessee. Als sie in die Sättel klettern, da wissen sie nicht, dass ihre Verfolger nur noch etwa eine Meile von ihnen entfernt sind. Die Nacht, die jede Fährte unsichtbar macht, ist ihre Rettung.

Wieder reiten sie eine lange Nacht, verwirren die Fährte und dringen weiter ins Land der heißen Quellen und der Absaroka-Berge ein, in die das Shoshone-Gebirge übergeht. Es ist die Rocky-Kette mit ihren Canyons und Tälern, die man aus dem Big Horn Basin oder vom Gray Bull über dieses hinweg im Norden erblicken kann. Jenseits der Absaroka-Berge liegt der mächtige Yellowstone Lake, und dort gibt es auch den später so berühmt werdenden Geiser »Old Faithfull«, was so viel wie »der alte Getreue« heißt, weil dieser Geiser schon seit Jahrtausenden jede Stunde pünktlich seinen heißen Strahl in die Höhe schießen lässt.

Wieder rasten sie einen langen Tag.

Pierces Wundfieber verschlechtert sich nicht. Aber er ist stets nach solch einem Nachtritt total erschöpft. Jessica pflegt und hegt ihn, kümmert sich um seine Wunden, versorgt die Tiere, kocht am Feuer – und wächst über sich hinaus. Aber sie verbraucht jetzt viel von ihrer Substanz, verliert jeden Tag einige Pfund und wird vielleicht bald zusammenbrechen. Sie kämpft einen harten und zermürbenden Kampf. Doch diesen Kampf muss sie verlieren, wenn sie nicht bald am Ziel sind und zur Ruhe kommen. Als sie am zweiten Tag rasten, fällt Schnee.

Und Pierce grinst zufrieden und sagt: »Nun wird unsere Fährte zugedeckt. Jessica, jetzt haben wir gewonnen. Es kann Wochen dauern, bis sie uns finden in meinem Revier. Und es wird dann so sein, dass ich sie kommen sehe, bevor sie uns finden. Jetzt brauchst du dir keine Sorgen mehr zu machen, mein Engel.«

Sie reiten noch am späten Mittag weiter, denn die Nacht wird dunkel werden, da Mond und Sterne von den Schneewolken verhangen sind.

Sie werden schon bald wieder rasten müssen. Ein Ritt durch die Nacht wird heute unmöglich sein.

Jessica fragt noch, bevor sie nach Nachtanbruch an einem wärmenden Feuer unter dichten Tannen einschlafen: »Und wann sind wir endlich bei deiner Hütte und an jenem warmen Geisersee, in dem man auch bei frostklirrender Kälte baden kann?«

»Wenn der Schnee nicht so hoch liegt, dann morgen bei Nachtanbruch«, erwidert er ruhig. »Wenn der Schneefall jedoch anhält, sodass es unsere Tiere schwerer haben mit dem Vorwärtskommen, dann erst übermorgen gegen Mittag. Ich werde dir von morgen an alle Landmarken zeigen. Du musst sie dir einprägen.«

Sie erwidert nichts, aber sie weiß, warum sie sich die Landmarken einprägen soll. Denn wenn er getötet werden sollte, muss sie allein aus diesem Land herausfinden können.

Einen Moment lang ist sie der Meinung, dass es falsch und verrückt war, vor dieser Mordbanditenbande in die Wildnis zu flüchten.

Doch dann erinnert sie sich wieder daran, wie Pierce mit fünf Indianern kämpfte, die ihm eine Falle stellten – und wie er sie besiegte und am Leben blieb.

Und mit einem Mal wird sie ganz ruhig.

11

Jesse Slade und dessen Partner fluchen mächtig, weil der Schnee ihre Fährtensuche noch mehr erschwert. Als ihnen klar wird, dass sie nun keine Fährten mehr erkennen könnten, selbst wenn sie noch Blue Rock bei sich hätten, da halten sie an, um zu beratschlagen.

Vor ihnen liegen die Berge.

Und ein halbes Dutzend Canyonmäuler öffnet sich dort. Sie starren darauf, denn für eine Weile hörte der Schneefall auf. Die Sicht wurde besser.

»Verdammt, wir müssen nicht nur eine Nadel, sondern einen Fliegendreck im Heuhaufen suchen«, knirscht Tom Haley.

»Na gut, fangen wir an«, sagt Jesse Slade hart. »Wir müssen uns trennen, um Zeit zu sparen. Jeder reitet in einen Canyon. Und in zwei Tagen treffen wir uns hier. Wenn wir nichts gefunden haben, nehmen wir uns die nächsten Canyons vor. Irgendwann und irgendwo müssen wir Zeichen finden, Spuren, Anhaltspunkte. Wir werden das Paar finden. Also los, reiten wir.«

Er reitet an, geradewegs auf eine der Canyonmündungen zu.

Und auch die anderen bewegen sich.

Ja, sie sind immer noch fest entschlossen.

Denn der Preis lohnt sich, den sie erringen wollen.

Die Juwelen sind mehr wert als viele Zentner pures Gold. Und sie sind nur klein im Umfang.

Als sie alle in den Canyons verschwunden sind, beginnt es wieder leise zu schneien. Es ist jedoch noch nicht kalt genug. Der Schnee ist nass und schwer.

Der Winter ist noch nicht richtig da.

Er sandte nur einen Vorboten.

Als die Nacht diesem Tag folgt, erreichen Jessica und Pierce ein Hügelplateau, von dem aus man weit über das Tal blicken und auf einen gewundenen Creek hinuntersehen kann.

An einigen Stellen haben Biber diesen Creek schon angestaut. Irgendwann wird aus dem Tal mal ein Sumpf werden.

Das Wasser ist noch nicht gefroren. Der Schnee schmilzt sofort.

Pierce hält plötzlich an und sagt heiser: »Das ist es, mein Engel. Das ist es.«

Sie blickt nach rechts zur ansteigenden Felswand. Und da sieht sie endlich die Hütte.

Sie ist aus Bruchstein errichtet und fügt sich so in die Felswand ein, dass man sie aus der Ferne kaum erkennen kann, schon gar nicht aus dem Tal, weil man von dort aus nicht weit genug über die Kante der plateauartigen Terrasse blicken kann.

»Wir sind daheim«, sagt Pierce müde. »Dort neben der Hütte ist eine Höhle. Das ist der Pferdestall. Ich habe schon im vergangenen Frühjahr eine Menge Heu hineingeschafft. Denn wir hatten im Mai schon Sommer. Das Gras wächst hier schnell. Aber wenn der Schnee unten weggetaut ist – und das wird gewiss bald wieder so sein –, werden wir die Pferde noch oftmals unten im Tal grasen lassen. Vielleicht können wir dort sogar noch Heu machen. Das Gras am Creek stand sehr hoch. Nun, wir werden sehen.«

Jessica sagt nichts. Sie sitzt ab, geht zur Hüttentür und sieht, dass diese nach innen geöffnet werden kann, jetzt aber mit einem Lederriemen festgebunden ist. Denn nur von innen ist ein Querbalken vorlegbar.

Sie bekommt die Tür auf.

Die Schatten der Nacht senken sich nun endgültig herab.

Von Minute zu Minute wurde die Sicht schlechter. In der Hütte ist es dunkel.

Pierce, der inzwischen ebenfalls absaß, kommt mühsam herbeigehinkt. Er schiebt sich an Jessica vorbei durch die Tür und zündet drinnen ein Schwefelholz an.

Bald brennt eine Öllampe.

Und dann sieht Jessica alles.

Die Steinhütte ist vor eine Höhle gebaut.

Alles wirkt rustikal, doch nicht primitiv.

Dies ist mehr als nur eine primitive Hütte. Es ist ein Heim. Hier hat ein Mann viele Jahre immer wieder alles verbessert, ausgebaut, wohnlich gemacht.

Und vielleicht halfen ihm auch Frauen dabei. Denn es gibt sogar Teppiche, wie verschiedene Indianerstämme sie weben. Es gibt Felle, Liegen, Sessel, einen kunstvoll gemauerten Kamin, Balkenkonstruktionen, Schilfmatten an den Wänden.

Auch Feuerholz ist genügend gestapelt.

Plötzlich hört Jessica ein brausendes Fauchen. Sie erschrickt, aber Pierce lacht leise.

»Das ist der Geiser«, sagt er. »Das warme Becken ist nur zwei Dutzend Schritte neben der Hütte. Und das Höhleninnere dort hinten ist warm. Du kannst dich an der Felswand wärmen wie an einem Backofen. Deshalb frieren wir auch im ärgsten Winter bei größtem Frost nicht in dieser Höhlenhütte. Gefällt es dir?«

Sie schluckt ein wenig mühsam. Und sie denkt: Wenn ich jetzt in einem noblen Hotel in San Franzisko wäre, wie ich es eigentlich vorhatte oder auf einem großen Seeschiff wäre, in einer Luxuskabine, wäre mir wohler. Verdammt, wir werden hier bis zum Frühjahr hausen.

Doch nach diesen Gedanken sieht sie ihn im Lampenschein an.

Und sie spürt plötzlich, dass sie Pierce mehr als nur mag.

Sollte sie tatsächlich noch Gefühle haben tief in ihrem innersten Kern, Gefühle, die sie längst schon abgestorben glaubte?

Sollte sie noch einmal einen Mann lieben können?

»Ja, es gefällt mir«, sagt sie.

Als Jesse Slade nach zwei Tagen zurück zum Treffpunkt kommt, da sieht er schon vom Canyonende her das Feuer. Aber er muss noch fast zwei Meilen durch die Nacht reiten, bis er das rote Auge im weißen Schnee erreicht.

Vance Rounds und Bac Longley hocken am Feuer.

Sie blicken Jesse Slade erwartungsvoll entgegen.

Und noch bevor er absitzt, sein Pferd und auch sein Pack- und Reservetier an einem Ast anbindet, da wissen sie, dass auch er keine gute Nachrichten bringt.

Auch er hat nichts gefunden.

»Ihr braucht mich gar nicht erst zu fragen«, knurrt er. »Morgen nehmen wir uns den nächsten Abschnitt dieses verdammten Landes vor. Wir finden ihn, Hölle, wir finden ihn. Habt ihr auch für mich was im Topf?«

»Sicher«, knurrt Bac Longley. »Sogar auch noch für Haley. Aber warum ist der noch nicht hier? Ob er was gefunden hat? Und wenn, was hat er dann getan?«

Sie denken über diese Frage nach.

Plötzlich wirken sie unruhig. Sie knurren fluchend, brummen und schnaufen unbehaglich.

»Der wird doch wohl nicht allein ...«, beginnt Vance Rounds.

Aber er beendet den Satz nicht.

Auch die anderen sagen nichts mehr.

Aber jeder von ihnen denkt jetzt sinngemäß etwa die gleichen Gedanken.

Denn es könnte sein, dass Tom Haley versucht, die Beute allein für sich zu erkämpfen. Dann braucht er sie nämlich nicht zu teilen.

Ja, das trauen sie ihm zu.

Und deshalb sind sie so unruhig und fühlen sich so unbehaglich.

Was Jessica ihnen am Rio Grande antat, nämlich ihnen die kostbare Beute zu stehlen und damit abzuhauen, dies trauen sie sich auch gegenseitig zu.

Denn sie alle taugen nichts.

Und die Gier nach mehr, nach dem ganzen Schatz, wird sicherlich jeden von ihnen überwältigen, wenn er die Chance sieht, alles für sich allein bekommen zu können.

»Wir folgen morgen seiner Fährte, wenn er nicht noch kommt«, beschließt Jesse Slade, und in seiner Stimme ist ein harter Klang.

Indes er isst, versorgen sie seine beiden Pferde und hocken sich dann zu ihm unter die zwischen Tannen ausgespannte Zeltplane, an der sich die Wärme des Feuers staut.

Der Schneefall hat längst schon aufgehört im Verlauf des vergangenen Tages.

Nach einem langen Schweigen sagt Vance Rounds plötzlich mit einem harten Lachen in der Kehle: »Das wäre ja ein Ding, wenn Haley den verdammten Lederstrumpf erledigt hat und nun ...«

Er spricht es nicht aus, was dann sein würde, wenn ...

Ja, wenn!

Indes hält Tom Haley auf der Fährte an, die er im Canyon fand und der er vorsichtig folgte. Nein, er wird keinen Fehler machen und erst morgen bei Tageslicht weiter dieser Fährte folgen.

Aber umkehren wird er auch nicht, obwohl er weiß, dass seine drei Partner und Kumpane darauf warten.

Er müsste ohnehin die ganze Nacht zurückreiten und käme erst am frühen Morgen zu dem verabredeten Treffpunkt.

In Tom Haley ist das Jagdfieber eines Mannes, der allein einen Sieg erringen möchte. Sein Selbstvertrauen ist auch groß genug, es mit Yellowstone Pierce aufzunehmen. Er ist davon überzeugt, dass er nicht verlieren kann, wenn er Pierce erst vor dem Colt hat.

Und so vertraut er darauf, sich durch Kühnheit zu behaupten.

Immer, wenn er an den Schatz denkt, den Jessica bei sich haben muss, dann überläuft ihn ein Schauer, den er für ein Glücks- und Triumphgefühl hält. Denn zu diesem Schatz gehört ja auch Jessica. Jawohl, er hat sie Jesse Slade nie gegönnt, als dieser sie unter seinen Schutz stellte, was ihr offensichtlich recht war. Tom Haley hatte jedoch nicht den Mut, Jesse Slade die Beute streitig zu machen. Gegönnt hatte er sie ihm jedoch nie.

Aber wenn er Yellowstone Pierce erledigen kann, dann gehört ihm alles, der Schatz und die Frau.

Tom Haley gehörte schon immer zu jener Sorte, die sich mit Gewalt holt, was anders nicht zu bekommen ist. Und so findet er nichts dabei, dass seine Absichten die eines Banditen oder Piraten sind.

Er hält also bei Nachtanbruch auf der Fährte an, die im Schnee deutlich zu erkennen war, solange der Tag währte.

Um vor der Kälte und dem unfreundlichen Wind etwas Schutz zu finden, zieht er sich mit seinen beiden Pferden zwischen die dichten Tannen zurück und bereitet sich auf eine zermürbende Nacht ohne Feuer vor.

Immer wieder fragt er sich, ob Yellowstone Pierce, der Schatz und die schöne Frau schon in erreichbarer Nähe sind – vielleicht nur eine oder wenige Meilen von ihm entfernt? Oder ob er am nächsten Tag auf der Fährte noch viele Meilen wird reiten müssen.

An seine Partner und Kumpane denkt er kaum noch.

Er weiß, dass er zumindest diese Nacht und den folgenden Tag Vorsprung hat. Denn er ritt nicht zurück, wie es abgemacht war. Er ritt weiter, folgte der Fährte, ohne die Partner zu Hilfe zu holen.

Er ist zum Einzelgänger geworden.

Für Jessica und Pierce wird die Nacht zu einer wirklichen Erholung. Denn sie sind warm und geborgen in dem Höhlenhaus.

Sie schlafen lange, sehr lange.

Es ist schon später Vormittag, als sie erwachen. Und der Tag wurde sonnig und klar.

Das Wetter schlug noch einmal um. Der fast schon gestorbene Herbst erwachte noch einmal zum Leben und versucht, den Winter wieder zu verdrängen, zumindest aufzuhalten um Stunden oder gar Tage.

Pierce fühlt sich wunderbar erholt und gekräftigt. Seine Wunden spürt er kaum noch; es ist nur ein leichtes Spannen, weil sie sich schließen, verharschen.

Er rollt sich auf die Seite und sieht in Jessicas grüne Augen. Durch die schießschartenartigen Fenster fällt genügend Licht. Im Halbdunkel sehen sie sich an.

»Geht's dir gut?« So fragt er.

Sie lächelt, dehnt und reckt sich wie eine Katze.

»Ja, es geht mir gut«, sagt sie, rollt sich dichter an ihn, schmiegt sich in seine Arme. Eine Weile verharren sie so.

»Ja, es geht mir gut«, wiederholt sie und küsst ihn.

Sie fühlt sich in diesem Moment wahrhaftig gut und glücklich, zufrieden und voll Hoffnung, was die Zukunft betrifft.

Und so verspürt sie für Pierce ein Gefühl der Dankbarkeit, der Zuneigung – und sie kann nicht anders, sie muss ihn küssen und ihn ihre ganze Zärtlichkeit spüren lassen.

Etwas später dann hören sie in der Hütte das blasende Fauchen des heißen Geisers, der jetzt seinen dicken Strahl heißen Thermalwassers ausstößt.

Pierce sagt: »Ich kann noch nicht ins Wasser, weil meine Wunden aufweichen und sich wieder öffnen würden. Aber ich freue mich schon darauf, wenn wir beide zusammen baden können. Geh du heute allein. Du wirst dich danach riesig wohl fühlen. Du brauchst nur, nackt wie du bist, hinauszugehen und zwei Dutzend Schritte zu laufen. Du kannst dich unbesorgt ins Wasserbecken werfen. Es ist tief genug, um darin schwimmen zu können, und es ist so warm, dass du es gut vertragen kannst. Sogar trinken kannst du das Wasser. Es schmeckt salzig und hat gewiss auch innerlich eine heilende Wirkung.«

Sie lässt sich das nicht zweimal sagen, sondern springt auf.

Weil sie seinen Worten vertraut, läuft sie splitternackt hinaus, und noch bevor sie draußen die Kälte richtig am Körper zu spüren beginnt, ist sie am Felsenbecken, in dem das warme Thermalwasser des Geisers dampft.

Mit einem Jubelruf wirft sie sich kopfüber hinein, denn sie ist eine gute Schwimmerin, die schon als Kind mit anderen Kindern im Fluss baden konnte und recht frühzeitig schwimmen lernte. Auch Pierce erhebt sich.

Die zusammengenähte Rückenwunde spannt. Er muss sich etwas schief halten und darf sich nur vorsichtig bewegen.

Die Beinwunde macht weniger Schwierigkeiten. Er hinkt zwar vorsichtig, aber er kann das Bein schon wieder einigermaßen gebrauchen.

Er zieht sich den Fellmantel über den nackten Körper und nimmt zwei Holzeimer. Damit geht er barfüßig hinaus, um aus dem warmen Becken Wasser zu holen. Denn wenn er auch noch nicht baden kann wegen seiner Wunden, so will er sich doch wenigstens waschen. Als er beim dampfenden Geiserbecken ist, strahlt Jessica ihn daraus an.

»Es ist schön hier!« So ruft sie und schwimmt auch schon wieder davon.

»Pass auf«, ruft er ihr nach. »Du darfst in diesem Wasser keine großen Anstrengungen machen. Beweg dich ruhig. Sonst machst du bald schlapp.«

Er füllt die beiden Eimer und kehrt wieder zu seinem steinernen Höhlenhaus zurück. Dabei schweift sein scharfer Blick in die Runde.

Aber noch fühlt er sich sicher. Er weiß zu gut, wann etwa die Banditen die Fährte frühestens finden könnten – und wie lange es dann dauern wird, bis sie hier in der Nähe auftauchen werden.

Ja, noch kann er sich mit Jessica sicher fühlen.

Deshalb müssen sie die Stunden nützen.

Denn die gute und frohe Zeit wird bald vorbei sein.

Er ist sicher, dass ihm sein Instinkt bei Annäherung von Gefahr Signale geben wird. Es wird ihm ergehen wie einem Wolf, der das Kommen von Jägern und Hunden spürt, bevor er diese hören oder sehen kann.

Er wird nur immer wieder an Jesse Slade und dessen Banditen denken müssen.

Er wird dabei tief in sich hineinlauschen müssen.

Dann wird er die Zeichen bekommen.

Sein feiner Jägerinstinkt wird ihm Zeichen geben, ihn ahnen lassen.

Am späten Nachmittag bringen sie alle Pferde von der Terrasse ins Tal hinunter zum Creek. Der Schnee ist weggetaut, und es gibt noch viel Grün zum

Grasen. Pierce zeigt Jessica etwas unterhalb am angestauten See einige Biberburgen.

»Diesen Winter werde ich eine Menge davon fangen«, sagt er.

Doch sie lacht und sagt: »Du brauchst diesen Winter keine Pelztiere zu fangen, Lederstrumpf! Du hast ganz und gar vergessen, dass wir reich sind. Sobald wir im Frühjahr aus diesem Lande hinaus und zur Westküste gelangen, werden wir ein paar Schmuckstücke verkaufen und reiche Leute sein.«

Sie sieht seinem Gesichtsausdruck an, dass er nachdenklich ist – ja, dass er irgendwie jetzt anderer Meinung sein könnte. Und das kann sie nicht so recht glauben. Deshalb fragt sie: »Was ist, Pierce?«

Er wiegt seinen Kopf.

»Irgendwie«, sagt er, »passt mir das nicht. Wir würden die Beute von Mordbanditen für unser Wohlergehen verwenden. Jessica, könntest du es dir gut gehen lassen bei der Gewissheit, dass die wirklichen Besitzer dieser Kostbarkeiten ermordet und beraubt wurden?« Sie sieht ihn staunend an.

»Aber wir könnten es beim besten Willen nicht zurückgeben, weil ich ja die Besitzer gar nicht kenne. Die Bande besaß ja fast alles schon, als sie mich von jener Hazienda mitnahmen. Was wir jetzt haben, ist gewissermaßen herrenloses Gut, vergleichbar etwa mit Strandgut. Wir nahmen es – nein, ich nahm es – Banditen weg. Aber zurückgeben an die wirklichen Eigentümer, dies ist nicht möglich. Also können wir es für uns verwenden. So sehe ich das. Und so musst auch du es sehen.«

Sie verstummt heftig. Und in ihren Augen funkelt es. Wieder wiegt er den Kopf, wirkt unschlüssig.

»Wir werden sehen, wie wir im Frühjahr darüber denken«, murmelt er.

Dann blickt er plötzlich wie witternd nach Norden.

Sie kann es deutlich erkennen. Seine Nasenflügel vibrieren, so als bekäme er eine bestimmte Witterung in die Nase wie ein feinnerviges Wild – oder vielleicht besser gesagt: Raubwild.

Jessica erinnert sich daran, wie sehr er ihr versprochen hat, dass er sie in seinem Jagdrevier hier beschützen könne gegen alle Gefahr.

Sie beobachtet ihn.

Nach einer Weile wendet er sich ihr zu.

»Ich will ein Stück nach Norden reiten«, sagt er schlicht. »Wenn ich bei Anbruch der Dunkelheit nicht zurück bin, dann bring die Pferde aus dem Tale wieder hinauf und mach dir keine Sorgen.«

»Was ist?« So fragt sie wieder.

»Ach, ich will nur mal auf unserer Fährte ein Stück zurückreiten«, murmelt er und geht zu seinem Pferd, auf dem er ja von der Terrasse heruntergeritten ist. Er sitzt auf und reitet davon.

Sie sieht ihm bewegungslos nach.

Und erst als er schon fast außer Hörweite ist, ruft sie ihm nach: »Komm wieder, Pierce! Vergiss nicht, dass ich auf dich warte und dich brauche. Komm bald zurück.«

Er winkt nur beruhigend.

12

Tom Haley ist ein erfahrener Bursche, ein zweibeiniger Wolf, stets auf Beute aus und bereit, dafür zu töten.

So war sein Leben, seitdem er siebzehn war und von daheim fortlief, weil er sah, dass sein Vater sich krumm und schief schuftete und dennoch ein armer Hund blieb mit seiner Familie, ein Mann, der sich im Schatten der Großen und Mächtigen ducken musste.

Tom Haley nahm sich stets, was er haben wollte.

Und so wurden seine Fährten rau und rauchig. Manchmal waren sie eine Blutspur, besonders zuletzt in Mexiko während der Revolution gegen Maximilian. Deshalb reitet er jetzt nicht sorglos und nur an sein Glück glaubend. Er reitet vorsichtig, witternd, lauernd.

Da der Schnee inzwischen bis auf geringe Reste im mächtigen Canyongrund taute, kann er bald nur noch an einigen Stellen auf weichem Grund die Hufspuren erkennen. Es ist dann später Mittag, fast schon Abend, als er den Ausgang des Canyons erblickt und schon ahnen kann, dass sich dort ein weites Tal öffnet.

Er spürt irgendwie, dass er bald am Ziel sein wird, und so reitet er immer vorsichtiger, hält dann und sitzt ab. Er zieht mit seiner Revolverhand den Colt heraus, fasst mit der anderen Hand das Pferd am Zaumzeug und hält sich dicht neben dem Tier. Das Reservepferd folgt ihnen von selbst.

So erreichen sie den Canyonausgang.

Rechts und links sind Felsen, größere Steine, Nadelbäume, Büsche.

Und dann sieht er in der einsetzenden Dämmerung auch den Mann.

Ja, es ist Yellowstone Pierce.

Ganz ruhig sitzt er auf einem großen Stein, hat das Gewehr über den Oberschenkeln liegen und die Hand lässig auf Kolbenhals und Abzug.

Die Mündung zeigt auf Tom Haley.

Dieser hält nicht an. Er ärgert sich, dass er den ruhig sitzenden Mann vor dem Hintergrund zu spät erkannte. Nun muss er näher heran, um mit dem Colt sicher treffen zu können.

Er glaubt nicht, dass der sitzende Lederstrumpf mit dem Gewehr schneller sein kann als er, Tom Haley, der Revolverheld, mit dem Colt.

Und so frohlockt er schon bald nach wenigen Schritten. Denn jetzt – jawohl, jetzt schon – ist er auf sichere Coltschussnähe.

Er hält an und tritt von seinem Pferd weg.

»Hast du mein Kommen gerochen, Yellowstone Man?« So fragt er grob.

Pierce Damson bewegt sich nicht.

Aber er antwortet mit der Frage: »Bist du allein gekommen? Hast du die anderen nicht informiert? Willst du die Beute vielleicht nur für dich?«

»So ist es«, schnappt Tom Haley. »Die Beute und die Frau. Beides will ich. Und nur du stehst mir im Weg.«

»Ich sitze«, sagt Pierce Damson. »Das Stehen fällt

mir noch etwas schwer. Auf ein letztes Gebet legst du wohl keinen Wert – oder?«

»Nein!« Tom Haley ruft es scharf, und dieser Ruf ist zugleich auch das Kommando für sich selbst.

Denn seine Revolverhand bewegt sich nun so schnell wie der vorstoßende und zuschnappende Kopf einer Klapperschlange. Und wie durch Zauberei schwingt er den Revolverlauf hoch, nachdem ihm die Waffe wie von selbst in die Hand gesprungen zu sein scheint.

Aber Pierce Damsons Gewehr kracht früher.

Und er hat es immer noch flach auf den Oberschenkeln liegen. Er nimmt es gar nicht auf, um damit zu zielen.

Denn das tat er aus dem Gefühl heraus längst schon, indes Tom Haley sich näherte. Unter seiner lässig ruhenden Hand war der Hahn bereits gespannt.

Tom Haley bekommt die Kugel ins Herz. Er taumelt zurück, schwingt den Lauf mit der Mündung zum Himmel empor und schießt nach den dort noch unsichtbaren Sternen.

Dabei stirbt er stehend und fällt in sich zusammen.

Yellowstone Pierce erhebt sich langsam.

Er weiß, dass die beiden Pferde bald zu seinen Tieren auf die Terrasse kommen werden, um nicht allein zu sein in der Wildnis.

Und so hinkt er um einen großen Felsen herum zu seinem Tier, sitzt auf und reitet zurück.

Ja, er will, dass die anderen Banditen ihren Kumpan finden. Vielleicht beachten sie dann diese letzte Warnung.

Er weiß ziemlich genau, wann er die drei anderen Hartgesottenen hier erwarten kann. Jessica und er werden noch eine ruhige Nacht verbringen können, eine Nacht der gegenseitigen Zärtlichkeit, des Gebens und Nehmens. Am nächsten Tag kann alles schon ganz anders sein.

Er macht sich keine Illusionen. Denn er wird drei gefährliche Gegner gegen sich haben. Und er ist ein angeschossener, hinkender Mann, dessen Wunden längst noch nicht verheilt sind und der die verbrauchte Substanz noch nicht ausgleichen konnte.

Jene fünf Indianer waren ungewollt Verbündete der weißen Banditen.

Als er vor der Hütte anlangt, ist es Nacht. Mond und Sterne leuchten.

Es wird Frost geben.

Jessica erwartet ihn vor der Tür.

»Es war Tom Haley«, sagt er knapp. »Aber die anderen können vor morgen Mittag nicht hier auftauchen. Haley kam nämlich allein. Sie hatten sich gewiss getrennt und nach Spuren gesucht, wollten sich dann treffen an ihrem Ausgangspunkt. Aber Haley ritt nicht zurück, nachdem er unsere Fährte fand. Der wollte alles für sich allein.«

»Auch mich«, sagt sie herb. »Der wollte mich von Anfang an. Aber ich gehörte Jesse Slade. Stört dich das, Pierce?«

»Nein«, erwidert er. »Und überdies werde ich ihn töten müssen, damit wir leben können. Was also sollte mich stören? Auch du bist hier nicht die erste Frau.«

»Aber ich will jene sein, die dich am glücklichsten macht«, murmelt sie.

Sie sehen sich an, und sie wissen beide, dass die kommende Nacht für sie die letzte sein kann – in Liebe und Zärtlichkeit.

Es ist später Mittag, als Jesse Slade, Vance Rounds und Bay Longley den toten Tom Haley finden.

Sie schwingen sich blitzschnell von den Pferden und verharren noch einige Minuten lang zwischen den Tieren, halten die Waffen schussbereit.

»Dieser verdammte, weiße Indianer«, knurrt Longley dann.

Sie beginnen dann zu suchen und stellen bald schon fest, wie alles abgelaufen ist.

Vance Rounds sagt dann knirschend: »Der ist noch gefährlicher, als wir glaubten. Der hat ihn dort sitzend erwartet. Haley näherte sich ihm bis auf Coltschussnähe. Und dennoch erledigte er ihn mit einem Gewehr. Das ist die Patronenhülse eines Spencerkarabiners.« Aber Jesse Slade und Bac Longley hören ihm gar nicht zu. Sie starren zum Canyonmaul hinaus in das weite, sich ihren Blicken öffnende Tal.

»Wir haben ihn«, murmelt Jesse Slade schließlich. »Ja, verdammt, wir haben ihn, wenn wir ihn einkeilen können.«

»Wie?« So fragt Vance Rounds gierig

»Wir sind zu dritt.« Jesse Slade grinst. »Reiten wir!«

Er sitzt auf und reitet an.

Sie folgen ihm, reiten hinaus in das weite Tal und folgen der deutlich erkennbaren Fährte.

Es ist – wie schon erwähnt – später Mittag, ein sonniger, schöner, wenn auch kalter Vorwintertag.

Die Fährte – sie ist im vom getauten Schnee aufgeweichten Boden gut zu erkennen – folgt dem Creek, der sich durch das Tal, schlängelt, manchmal zwischen Bauminseln hindurch, an Felsgruppen vorbei, durch die Lücken flacher Hügel – und um die von Bibern angestauten Seen, aus denen einmal Sümpfe werden, wenn niemand die Biberdämme zerstört.

Als sie etwa eine Meile ins Tal hineingeritten sind, da sehen sie den Reiter.

Es ist Pierce Damson, der Yellowstone Man.

Als sie ihn zu Gesicht bekommen, reitet er davon, und es sieht für sie so aus, als ergriffe er die Flucht und wäre von ihrem Kommen überrascht, weil es so früh erfolgte.

Sie reiten hinter ihm her, und sie wissen nicht, dass sie bald schon unter jener plateauartigen Terrasse vorbeireiten, auf der das Höhlenhaus steht. Sie können es vom Talgrund aus nicht sehen. Um dies zu können, hätten sie weiter weg auf der anderen Talseite sein müssen.

Oben liegt Jessica am Rand der Terrasse und beobachtet sie. Dabei denkt sie: Er lockt sie von mir fort, damit sie uns nicht in unserer Hütte einkeilen können. Er lockt sie fort wie ein Wolf die Jäger von der Höhle, in der sich die Wölfin mit den Jungen verborgen hält. Er hat alle Fährten, die zu mir heraufführen, gut verwischt. Aber sie sind zu dritt. Und wenn sie ihn töten, dann ...

Sie will nicht weiter denken.

Und sie kann nur hoffen.

Aber dann fällt ihr ein, dass sie schon viele Jahre nicht mehr gebetet hat, weil ihr das früher niemals half.

Aber jetzt hat sie das Gefühl, dass sie es doch wieder einmal tun sollte.

Als sie um eine flache Hügelkette geritten sind, hält Jesse Slade an. Auch die anderen tun es und blicken über die Schulter zurück.

Nur eine Viertelmeile von ihnen entfernt hält auch Pierce Damson an.

Vance Rounds fragt über die Schulter zurück: »He, Jesse, warum hast du angehalten? Was ist?«

Jesse Slade grinst.

»Es gab da eine Terrasse weiter zurück«, sagt er. »Und ein kaum erkennbarer Pfad führte hinauf. Ich denke, dass dort oben eine Hütte oder ein Camp sein kann und dass Jessica dort oben mit den anderen Pferden und Vorräten hockt und er uns von ihr weglocken möchte. Ich werde mir Jessica schnappen.«

»Und wir, wir sollen ihn niederkämpfen – ohne dich, nur wir, Bac und ich?«

Vance Rounds schnappt es böse, und es liegt der Vorwurf von Feigheit in seiner Stimme.

»Das braucht ihr gar nicht.« Jesse Slade grinst. »Ihr braucht ihn nur davon abzuhalten, Jessica zu Hilfe zu kommen – wenn, ja wenn sie dort oben ist, wo ich es vermute. Wenn ich Jessica habe, dann habe ich auch die Beute wieder. Und dann muss er uns angreifen, nicht wir ihn. Also, jagt ihn noch ein Stück. Dann könnt ihr umkehren. Er wird euch folgen.«

Sie denken über seine Worte nach.

Dann fragt Bac Longley kritisch: »Und du glaubst wirklich, dass dort auf der Bergterrasse, die ich ebenfalls bemerkte, seine Hütte stehen und Jessica dort sein könnte?«

»Wenn ich mich geirrt habe, folge ich euch sofort«, sagt Jesse Slade.

Sie zögern noch einige Atemzüge lang, überlegen und spähen auch wieder nach Pierce Damson hin.

Dann aber entschließen sie sich und folgen ihm.

Jesse Slade aber reitet hinter den flachen Hügeln auf den Talhang zu, sitzt dann ab und beginnt zu klettern.

Er muss einen weiten Weg hinauf und dann oben auf dem Talhang einen noch weiteren Weg zurück.

Aber er wird dann von oben auf die Terrasse niederkommen. In einer Stunde etwa müsste er das geschafft haben.

Allerdings wenn dort oben keine Hütte steht, in der sich Jessica mit der Beute verborgen hält, dann war alle Mühe umsonst.

Doch Jesse Slade ist ein Mann, der sich auf seinen Instinkt und seine Erfahrung verlassen kann. Jener kaum erkennbare Pfad, der zu der Terrasse führt, war Anhaltspunkt genug für ihn. Er glaubt nicht, dass es nur ein Wildwechsel ist. Er glaubt an einen zwar gut getarnten, aber doch häufig von Pferden benutzten Pfad.

Für Jessica wird das Warten immer unerträglicher.

Und immer dringlicher fragt sie sich, was sein wird, wenn die Bande Pierce besiegen sollten.

Ja, was wird dann sein?

Gewiss, sie kann mit Waffen umgehen, aber sie hätte nicht die geringste Chance. Selbst wenn sie sich in der Holzhütte verschanzen würde, fänden die Hartgesottenen gewiss Möglichkeiten, sie auszuräuchern oder irgendwie einzudringen. Sie könnte sich nicht lange halten. Was also wäre zu tun, wenn Pierce Damson der Verlierer sein sollte?

Sie denkt an Jesse Slade, fragt sich, ob dieser sie wieder würde haben wollen und bereit wäre, alles zu vergessen, ihr zu vergeben. Würden ihre Reize auf ihn stärker sein als sein Zorn?

Als sie sich diese Frage zu beantworten versucht, da verspürt sie eine heiße Furcht. Und von diesem Moment an macht sie sich keine Illusionen mehr.

Wenn sie Jesse Slade in die Hände fallen sollte, wird ihr Schlimmes zustoßen. Ihre Schönheit, ihre Reize – all das Weibliche und Begehrenswerte, was sie ausstrahlt, dies alles wird nicht mehr genügen.

Und so wächst ihre Angst.

Ihre Gedanken suchen nach Auswegen.

Aber sie kommt immer nur auf eines: Selbst wenn er mich bestrafen und vernichten sollte, soll er letztlich doch nicht der Gewinner sein.

Als sie mit ihren Gedanken so weit ist, geht sie in das steinerne Höhlenhaus zurück und nimmt dort den immer noch in das Halstuch gehüllten Schatz. Mit beiden Händen kann sie das fast runde Paket nicht ganz umfassen. Zwei große Männerhände könnten es.

Einen Moment verharrt sie so, starrt auf den »Ball« aus Juwelen und überlegt, wo sie ihn verstecken könnte. Plötzlich weiß sie es.

Sie geht damit zum Wasserbecken des Geisers hinüber. Als sie darin badete, umherschwamm, da bemerkte sie in den Wänden des Beckens einige Risse, Auswaschungen, Löcher.

Sie kniet an einer bestimmten Stelle am Rand nieder, beugt sich weit hinunter und schiebt den Arm der Länge nach ins Wasser. Ihre tastenden Finger finden eine tiefe Mulde, in der die schwere »Kugel« der Juwelenbeute sicher und gut untergebracht werden kann.

Sie tut es entschlossen.

Und als sie sich dann erhebt, da verspürt sie ein Gefühl von Genugtuung.

Denn was ihr jetzt auch passieren wird, was ihr Jesse Slade – falls er mit seinen Männern der Sieger blieb – auch antun sollte, er würde die Beute nicht bekommen.

Sie kehrt dann an den Rand des Terrassenplateaus zurück, legt sich dort auf den Bauch, bleibt in guter Deckung und beobachtet das Tal unter sich.

Aber nichts ist zu sehen.

Alle Reiter verschwanden hinter den flachen

Hügeln in der Ferne. Was sich dort abspielt, kann sie nicht sehen. Sie kann nur hoffen, dass Pierce der Überlebende sein wird.

Sie hat ein Gewehr neben sich liegen. Nach einer Weile erhebt sie sich noch einmal, geht in das Höhlenhaus und holt den Revolver heraus. Mit der Waffe in der Hand sieht sie sich suchend um.

Dann tritt sie zwischen Höhlenhaus und Pferdehöhle an die Felswand, legt dort den Colt nieder und deckt ihn mit einem trockenen Busch zu, der von oben aus dem Berg niederfiel.

Dann begibt sie sich wieder an ihren Beobachtungsposten zurück.

Die Zeit vergeht. Sie lauscht auch auf Schüsse. Doch selbst wenn dort jenseits der Hügel Schüsse fallen sollten, würde sie diese wahrscheinlich nicht hören, da die Hügelkette wie eine Schallmauer wirkt.

Überdies steigt immer wieder in Abständen von etwa zwanzig Minuten der heiße Wasserstrahl des Geisers hoch und macht Geräusche, die stark genug sind, um Schüsse in der Ferne zu übertönen.

Indes Jessica auf dem Bauch liegt, spürt sie nicht die Kälte des Bodens. Sie späht unablässig zu der Hügelkette hinüber, hofft von einem Atemzug zum anderen, dass sich dort etwas zeigte was Aufschluss geben könnte über das Geschehen. Immer wieder denkt sie: O Pierce, komm! Zeig dich, Pierce! Komm zurück als Sieger! Doch wenn sie das denkt, wird ihr auch bewusst, dass sie sich ein Wunder wünscht.

Drei gefährliche Banditen verschwanden hinter Pierce in den Hügeln.

Sie kennt die Gefährlichkeit der Kerle zu genau.

Pierces Chancen sind vielleicht nur dem Zahlenverhältnis entsprechend, nämlich eins zu drei.

Sie erschreckt sich zu Tode, als jemand ihr die Stiefelspitze in die Seite stößt und zu ihr niederspricht: »Ay, Chita!«

Sie rollt sich aus der Bauchlage auf den Rücken, will das Gewehr mitnehmen und damit nach oben zielen.

Doch Jesse Slade tritt es ihr aus den zugreifenden Händen. Sie rollt sich mit einem wilden Schrei gegen seine Beine, versucht ihn zu Fall zu bringen und über den Rand der Terrasse zu werfen.

Aber sie hat keine Chance gegen ihn. Sie ist zu schwach, zu leicht – und sie kann nicht kämpfen wie solch ein gefährlicher Mann.

Er zieht sie an den Haaren hoch.

Da verharrt sie, verzichtet auf jede Gegenwehr, verhält sich passiv und unterwürfig.

Denn sie weiß, dass Jesse Slade sie sonst schrecklich verprügeln würde.

Denn er ist ein Mann ohne Ehre, fähig, jedes Böse und Verachtenswerte zu begehen.

Endlich lässt er sie los, lacht kehlig und nickt ihr zu.

»Na, was hat es dir eingebracht, Grünauge?« So fragt er dann.

Und weil sie nicht antwortet, ihn nur anstarrt, sagt er es an ihrer Stelle: »Nichts hat es dir eingebracht, gar nichts – nur, dass du wochenlang flüchten musstest und jetzt einem Lederstrumpf gehörst wie eine

Squaw. Oha, Chita, wir hätten längst schon in Luxus die angenehmen Seiten des Lebens genießen können – du und ich. Aber du dumme Gans wolltest mich reinlegen, wolltest alles für dich. Also, wo hast du unsere Beute? Schnell, gib sie mir. Denn nur dann kannst du mich vielleicht gnädig stimmen. Her damit!«

Aber sie schüttelt den Kopf.

»Pierce hat es versteckt«, sagt sie heiser. »Er hat es mir weggenommen und versteckt. Er ist ein vorsichtiger Mann, dieser Pierce. Ja, ich wurde seine Squaw. Ich wurde zu sehr von ihm abhängig. Du musst diesen Pierce fragen, Jesse.«

Sie sieht in seinen Augen, dass er ihr nicht glaubt – nicht glauben will.

Und da kommt auch schon seine harte Hand.

Als sich Pierce Damson darüber klar wird, dass ihm nur noch zwei Gegner folgen, begreift er die Gefahr sofort. Und er weiß, dass er die beiden Kerle sofort niederkämpfen muss, um zu Jessica zurückgelangen zu können.

Denn Jessica ist jetzt in Gefahr.

Dass Jesse Slade fehlt, kann nur bedeuten, dass er umgekehrt ist.

Slade ließ sich nicht weglocken von der Terrasse. Wahrscheinlich sah er den schmalen Pfad, der hinaufführte, so gut Pierce den Pfad auch tarnte.

Pierce Damson reitet also zurück und genau auf die beiden Banditen zu.

Diese begreifen sofort seine Absicht.

Vance Rounds knurrt zur Seite zu seinem Partner und Kumpan Bac Longley hinüber:

»Er stellt sich. Verdammt, er stellt sich zum offenen Kampf, obwohl wir zu zweit sind. Ist der verrückt? Oder glaubt er so sehr an seine Überlegenheit? He, wie kann ein Lederstrumpf besser sein als zwei Revolvermänner aus dem Süden? Bac, überlass ihn mir, ja! Wir wollen ihn nicht zusammen angreifen. Das haben wir nicht nötig. Denn unser Revolverstolz ist doch wohl noch der einzige Stolz, den wir besitzen.«

»Reite nur, Vance«, knurrt Bac Longley. »Ich werde zusehen. Versuch es also.«

Er hält nach diesen Worten an.

Und Vance Rounds reitet weiter.

Vielleicht ist es sein Fehler, die Sache vom Sattel aus erledigen zu wollen. Denn er hält nicht an, stellt sich nur in den Steigbügeln hoch und zieht seinen Colt.

Aber dann kracht Pierce Damsons Gewehr. Das Mündungsfeuer leuchtet zwei Handbreit über dem Kopf und zwischen den Ohren seines Pferdes.

Pierce schoss einhändig, hält das Gewehr wie einen Revolver.

Und das Unglaubliche geschieht. Er trifft.

Das ist geradezu Zauberei. Denn je länger der Lauf einer Waffe ist, umso sorgfältiger muss über Kimme und Korn visiert werden. Ein Colt kann der verlängerte Zeigefinger sein, mit dem man auf das Ziel zeigt und schießt. Winzige Millimeterbruchteile Abweichung wirken sich da nicht so grob aus.

Ein langer Lauf wirkt da völlig anders.

Und dennoch trifft Pierce Damson und schießt Vance Rounds mit einer einzigen Kugel aus dem Sattel, bevor er überhaupt in Coltschussnähe ist.

Dies ist kein Duell unter Gentlemen, Kavalieren und Hidalgos.

Dies ist ein bitterer Kampf ums Überleben und für Jessica.

Als Bac Longley dies sieht, begreift er, dass Pierce Damson nicht jenen eitlen Revolverstolz besitzt, dem er, Bac Longley und Vance Rounds gehorchen mussten.

Er stößt einen wilden Schrei aus, beugt sich tief über den Pferdehals und treibt sein Tier an. Er reitet mit gezogenem Colt auf Pierce Damson zu und beginnt schon bald mit dem Colt zu schießen.

Und dann überschlägt sich sein Pferd, getroffen von einer Kugel.

Das Tier landet auf ihm, bricht ihm das Rückrat. Pierce Damson aber ist schon auf dem Weg zu Jessica. Er ist davon überzeugt, dass er keine Minute verschwenden darf.

Jessica und Jesse Slade stehen am Rand der Terrasse, als sie Pierce Damson kommen sehen. Sie zeigen sich ihm ganz offen.

Und Pierce Damson weiß, was das zu bedeuten hat. Jesse Slade hat Jessica.

Deshalb ist jetzt die Stunde der Wahrheit.

Auch Jesse Slade will kein langes Herumtändeln mehr.

Slade sagt zu Jessica: »Da ist er also. Ein prächtiger Bursche ist er, ein zweibeiniger Tiger. Er muss Longley und Rounds niedergekämpft haben, und das ist schon was. Die waren gefährlich. Vielleicht werde ich auch von ihm erledigt werden. Doch diese Chance bekommt er nur, wenn ihm dein Leben gleichgültig ist. Verstehst du? Sag ihm, dass ich dich töten werde, wenn er sich nicht ergibt. So einfach ist das. Und nur, wenn er sich ergibt, werde ich euch beide leben lassen. Ich reite dann fort und nehme außer der Beute aus Mexiko nur eure Pferde mit. Aber ihr werdet leben. Wenn er sich nicht ergibt, sondern mich angreift, dann stirbst du zuerst. Und ob ich sterben werde, ist dann noch völlig offen. Also, sag es ihm!«

Pierce Damson hält nun unterhalb der Terrasse und blickt empor.

In Luftlinie sind das knapp vierzig Yards.

Er sieht Jessica dort oben am Rand stehen, halb dahinter Jesse Slade.

Slade könnte Jessica in die Tiefe stoßen.

Einige Atemzüge lang verharren sie so.

Dann sagt Jessica: »Pierce, er wird mich töten, wenn du dich ihm nicht auf Gedeih oder Verderb ergibst. Doch ich will nicht, dass du dich ergibst. Er würde sein Versprechen nicht halten, uns am Leben zu lassen und nur mit der Beute und unseren Pferden zufrieden sein. Er würde sein Versprechen nicht halten. Pierce, ich weiß, dass er keine Chance gegen dich hat. Also töte ihn und räche mich. Töte ihn!«

Sie will sich nach diesen Worten in die Tiefe stürzen.

Ja, sie sucht nun selbst den Tod.

Denn sie sieht keine Hoffnung mehr und will nur noch, dass Pierce wenigstens freie Hand bekommt und keine Rücksicht mehr nehmen muss.

Denn dann ist sie sicher in der Gewissheit, dass Jesse Slade verlieren wird.

Aber Jesse Slade fasst schnell zu. Er reißt sie zurück und hält die heftig Strampelnde mit einer Hand fest.

Er ruft hinunter: »Komm, Pierce! Komm herauf! Waffenlos! Und ergib dich! Du hast mein Wort, dass ich euch leben lasse. Ich will nur die Beute aus Mexiko. Es ist meine Beute. Komm und ergib dich! Oder sie stirbt wirklich!«

Pierce Damson sitzt einige Atemzüge lang auf seinem bewegungslos verharrenden Pferd. Er hat sein Gewehr wieder mit der Rechten um den Kolbenhals gefasst, den Hahn gespannt und den Finger am Abzug.

Das Gewehr ruht mit der Kolbenplatte auf seinem Oberschenkel, und die Mündung zeigt schräg nach oben.

Aber er wagt keinen schnellen einhändigen Schuss ohne ein Zielen über Kimme und Korn. Die Entfernung ist für solch einen einhändigen Schnappschuss zu weit – und überdies steht Jesse Slade halb hinter Jessica.

Pierce Damson ruft hinauf: »Komm herunter, du Hurensohn. Und lass es uns hier austragen. Komm herunter. Und vergreife dich nicht an einer Frau. Hast du denn überhaupt keinen Stolz? Hier bin ich. Deine Kumpane gibt es nicht mehr. Du bist allein. Ich bin allein. Also komm und lass es uns austragen.«

Aber Jesse Slade lacht nur.

»Bin ich verrückt?« So fragt er nieder. »Glaubst du denn, ich gehe jetzt auch nur das geringste Risiko ein? Selbst wenn ich eine Chance zehn zu eins auf meiner Seite hätte, würde ich nichts mehr wagen. Ich will die Beute zurück, die wir in Mexiko machten. Erst dann werde ich meines Weges reiten.«

Pierce zuckt leicht zusammen bei Slades Worten: »Ich will die Beute zurück!« Denn diese Worte sagen ihm, dass Slade noch nicht im Besitz der Kostbarkeiten ist. Also muss Jessica das ganze Zeug, wegen dem nun schon so viele Männer starben, versteckt haben.

Jesse Slade verliert plötzlich die Geduld.

Er stößt Jessica fast über den Rand der Terrasse und hält sie mit einer Faust, deren Finger sich in ihren Fellmantel krallen, im letzten Moment noch zurück. »Ich lass sie zu dir hinunterfallen, wenn du jetzt nicht aufgibst!« So brüllt er.

Und er brüllt weiter: »Das Gewehr weg! Herunter vom Pferd! Und dann ohne jede Waffe herauf zu mir. Ich zähle nur noch bis zehn! Dann kannst du sie haben!«

Pierce Damson weiß, dass es kein Bluff ist.

Jesse Slade ist jetzt am Ende seiner Beherrschung. Er ist ein kaltblütiger Mörder ohne jedes Gefühl. Er kennt keine Ehre, keine Selbstachtung. Er ist der letzte Dreck dieser Erde.

Und so begreift Pierce Damson endlich, dass er verloren hat, weil er Jessica nicht sterben sehen will.

Denn einen Absturz von der Terrasse würde sie nicht überleben.

Sie würde tot vor die Hufe seines Pferdes rollen.

Er hat verloren, weil er Jessica liebt. Was er für sie fühlt, ist mehr als nur das Begehren des Körpers. Ja, er spürt jetzt, dass es verdammt sehr viel mehr ist.

Um sie zu retten, würde es alles tun.

Mag sie sein, wie sie will, mögen ihre rauen Wege und die bitteren Erfahrungen und Lektionen des Lebens sie zu einem selbstsüchtigen Wesen gemacht haben, er liebt sie dennoch.

Darüber wird er sich klar, indes Jesse Slade oben zu zählen beginnt.

Und da lässt er das Gewehr fallen, schnallt auch seinen Waffengurt mit dem Revolver und dem Green-River-Messer ab, lässt ihn fallen und macht sich dann auf den Weg nach oben.

Was bleibt ihm anderes übrig?

Er liebt Jessica mehr als sein Leben.

Oben lässt Jesse Slade Jessica los.

»Du wirst ihn töten, nicht wahr?« Jessica fragt es.

Er sieht sie an. »Du kennst mich gut, nicht wahr, Puta?« So fragt er. »Wir waren mal ein Paar, und du warst froh, dass ich dich beschützte. Du kennst mich gut, du Miststück, ja?«

Sie schluckt mühsam. Dann nickt sie.

»Ich gebe dir die Beute aus Mexiko zurück«, sagt sie dann, »wenn du mir schwörst, dass du uns leben lässt. Ja, ich würde sogar mit dir reiten und dir wieder alles geben, wenn du ihn nicht tötest. Sieh, er kommt herauf, um sich für mich zu opfern. Solcher

Größe und guter Gefühle wärest du nicht fähig. Er ist ein Mann wie sonst keiner unter tausend. Schwör mir, ihn nicht zu vernichten. Und du bekommst den Schatz zurück.«

»Ich schwöre«, sagt er sofort und hebt dabei die Hand. »Ich schwöre es beim Andenken meiner Mutter, die sonst in der Hölle schmoren soll, wenn ich den Schwur nicht halte. Also?«

Er nimmt die Schwurhand herunter.

Jessica sieht ihn drei Atemzüge lang fest an.

Dann bewegt sie sich, geht zum warmen Geiserbecken hinüber und kniet dort nieder. Sie taucht den Arm hinein und holt das nur kokosnussgroße Bündel heraus.

Sie nähert sich Slade damit und wirft es ihm dann zu.

Er fängt es, wiegt es in der Hand – und in seinem Gesicht zuckt es. In seinen hellen Augen funkelt es.

Erst wirft er noch einen Blick hinunter. Pierce Damson hat erst den halben Weg zurückgelegt.

Da kniet Jesse Slade nieder und legt die Beute auf den Boden. Er beginnt die Zipfel des Tuches aufzuknoten – und dann sieht er die ganze funkelnde Pracht.

Sein Schnaufen ist zufrieden, erleichtert, triumphierend. Er hat den Revolver neben sich auf den Boden gelegt. Mit beiden Händen wühlt er in dem kostbaren Geschmeide herum, das einstmals Fürsten, Grafen und Königen gehört haben mochte.

Als er dann wie aus einem Rausch erwacht und sich nach Jessica umsieht, da erkennt er, dass sie sich mehr als ein Dutzend Schritte von ihm entfernte.

Sie kniet drüben zwischen Höhlenhaus und Pferdehöhle an der Bergwand und hebt dort einen Colt mit beiden Händen hoch. Offenbar lag die Waffe unter einem trockenen Busch verborgen. Auch Jesse Slade hebt seinen Colt auf. Doch er ist nicht schnell genug. Er sieht noch das Mündungsfeuer. Und die Kugel schlägt in sein Hirn, tötet ihn, weil das Schicksal es so wollte. Denn bei Jessicas Schuss handelt es sich wahrhaftig ganz und gar um einen Glückstreffer.

Als Pierce Damson, genannt Yellowstone Pierce, auf die Terrasse springt, sieht er Jesse Slade am Boden liegen. Und Jessica hält noch immer den Colt in der Hand. Sie ist sich dessen sicherlich nicht bewusst.

Er nähert sich ihr.

Und er sagt: »Also haben wir es überstanden. Aber aus den Bergen kommen wir nicht heraus. Du wirst mit mir überwintern müssen.«

»Das ist mir recht«, erwidert sie. »Denn ich habe herausgefunden, dass ich dich mit dem Herzen liebe. Ich hätte nie geglaubt, dass ich dies noch einmal könnte. Pierce, es ist alles noch einmal gut gegangen. Ich werde viel nachzudenken haben bis zum Frühjahr. Aber eines weiß ich. Wir werden bis an unser Lebensende zusammenbleiben. Du wolltest dein Leben geben für mich. Und von diesem Moment an begann ich dich mit dem Herzen zu lieben.«

ENDE

Grandioses Finale im Kampf gegen die uralten Mächte des Bösen

Jason Dark
ARKONADA UND DER
PLANET DER MAGIER
Horror
416 Seiten
ISBN 978-3-404-73977-6

Auf dem Planeten der Magier kommt es zur entscheidenden Auseinandersetzung zwischen Sinclair, der Oberhexe Wikka und Mandraka, dem Schwarzblut-Vampir …

Bastei Lübbe Taschenbuch